赵红英

著

我是我的远方

上海三联书店

　　赵红英,笔名北草。1968 年夏生于陕西榆林老城。1990 年毕业于榆林学院中文系,喜欢文字,以诗为甚。坚持以写诗快意人生,至今四十余载。在《陕北》《延河》《延安文学》《陕北文学》等有关媒体上发表若干。出版诗集《北草地》,现庶居榆林。

封面题字:张胜伟　**插画:**牛朝

名家推荐

北草的诗歌写作与其陕北诗人的身份,存在着地域文化性格与艺术风格层面的高度对应与契合性:语言真诚,坦率,大气,情感质朴,深沉,热烈,想象丰富,境界辽阔,不拘一格,至情至性,他笔下的诗作犹如一曲曲灵魂的信天游,展示出独特的人格精神魅力。简言之,北草诗集《我是我的远方》展示出诗人本色抒情与修辞技艺相融合的综合性艺术才华,为读者奉献上一道道纯粹浪漫的灵魂风景,十分难得,令人赞赏。

——谭五昌(北京师范大学文学院教授、博士生导师、著名评论家)

北草的诗歌像花儿一样,开满自己心灵的疆场。他在生活的广阔天地间,以诗为马,左冲右突,纵横驰骋,将人生的困窘作为自己演绎生命的背景,将人漂泊不定,四海为家的宿命,写成他在人世间行走的交响乐。面对渐走渐远的时间,他在一次次落下来的人生夜色中,和他的文字抱团取暖、喜结连理。他以笔作水,濯缨濯足,濯世濯心,用诗歌告诉这个薄凉的世界,什么如初,什么如故。可以说,他的诗歌,就是他为自己的人生,做出的最好注解,也是他对自己生命最好的歌唱。

——王冰(《诗刊》副主编,《中华辞赋》杂志社社长)

赵红英的诗的触动点多数是目光所及的事物,人物。语言似风划过水面。它们时而清浅,时而沉潜。力图突破常识的阈限。其作品来源深厚,西学为用,本土的根尽力往地底扎。通过"看见",感受,思索,语言的生成自然而然,开放艺术的绚丽花朵。

——陆健(著名诗人,书法家,中国传媒大学教授)

能让自己的文字悲天悯人，诗人不仅要善良，而且要在内心藏有一种干净和使命。这是定力，可以将眼睛所见到的一切篆刻在灵魂深处，不被外力干扰，不出现没有风骨的扭曲和变形。读赵红英的诗能感觉到他的文字是对心负责的。作者以其丰富社会实践能力武装自己的思想和认知。再以诗人特有的想象力驾驭自己丰沛的情感，非常艺术地把具有哲思深度和艺术价值诗歌作品呈现给读者。他的诗是来自生活的写真，你的共鸣就是对他的认可。

　　　　　　　　　——车延高（著名诗人，第五届鲁迅文学奖获奖者）

藏身于诗

——《我是我的远方》自序

  诗人安妮·卡森说:"我是我自己的裸体"。我在 2024 年初春写的一首诗《我是我的远方》里引用了这句诗,并沿着她的诗写下:"赤诚之下,你一定要将这句诗/引申为:我是我的远方"。我想一个人如果连自己都不爱,怎么去爱别人,怎么去温暖情义缺斤少两的人间。这些考量也不折不扣地反映到我写的文字里,最终成为这本诗集书名的由来。

  人生一甲子应是一个轮回,1968 年出生的我,秋已横身、花甲在望,回想这几十年的光阴,值得怀念和需要忘却的,竟盘根错节。但对于喜欢文字、执着写诗这件事情而言,我还真是爱到骨子里了。从 1988 年开始写到今天为止,两三千首肯定是有的,我作为来路不明人类中的一员,在这一点上是值得庆幸的。记得老戏骨于和伟说过"热爱,真的可抵岁月漫长"。这样深刻深沉的表白,至少于我而言确有切肤的感受。尤其是不惑之后,我几乎每天坚持凌晨卯时左右来到办公室,在一个宁静、安详的世界,比如在一本书里,在一首诗里,找自己的来路,想自己的去路,甚至情不自禁地拿起笔为远方的风景添砖加瓦、雕梁画栋。直到窗外车水马龙、人欢马叫,生活的气息扑面而来。那一刻,我无比充实、无比满足、无比幸福。

  近年来,不乏有人问我对诗歌的认识,真还想说上几句。其一,为什么写诗。其实写诗于我首先就是自娱自乐,就像有人喜欢远足、喜欢美食、喜欢古玩收藏等等,并无两样,并无高尚可言。这让我想起文友李光泽说的一些话:"写一首诗就像在自家阳台上养一盆花,花开了,自己看着赏心悦目,就够了。如果邻居刚好看见了,说这花好,自然又多了一份快乐"。也就是诗可以怨,但必须是先能悦己泪己。其二,诗可以观、可以群的问题。用诗俯冲人间,达到解读人性、观照社会、参悟远方的水平,则是一个大境界。换个角度来说,写诗也像夸父追日,竭尽全力向着自己的远方奔跑,到了人生的尽头,你追到的"日"离远方有多远、你是否叩开了远方的门,作为她的座上客,对话远方里的山山水水,刻画出星空在人间失传、失真的部分。几千年来,有几人幸运如此?这样的境界,是万物成诗,是万物在心灵上、在灵魂里成诗的境界,诗歌真如桂冠闪耀在星空之下、万物之上。其三,关于我是什么派的问题。我一直认为诗无定势、诗有百态,我只知道好诗勾勒的都是心上的"态"。至于属于什么派的问题,我从写第一首诗到现在,什么江湖、什么山头、什么坛坛罐罐,我从未想过。若说有什么刻意要追求的,就只想用深入浅出的语言,言简意赅,写出要描摹的人和事,力求神形兼备。最担心词不达意,给字们找错了婆家、门不当户不对,不但没有喜结连理,还乱点了鸳鸯谱,令人啼笑皆非、贻笑大方,在人前丢了人、出了丑。

这些年,最怕有人叫我诗人,我总有如坐针毡的感觉,好像谁要故意把我捧在不胜寒的高处,定格,失去了自由之身,逼得我要为这个名号负责,背上沉重的包袱,负重前行。好在写诗爱诗是听从了心灵的召唤,心甘情愿的事情。同时,有那么多爱我的人,我无以为报,写的每一首诗就当我为我们的远方报恩。说到这,出这本书要感谢的很多:中书协副主席张胜伟先生在百忙之中为我的诗集题写了书名,为书增色,他的字我好生喜欢,也遂了我想珍藏他墨宝的一个愿。北京画院的牛朝老兄更是给力:"我的画,你随便用"。我非常喜欢他画的意境、风格,在他的画册中精心挑选了六幅作为插画,力求为诗集"画龙点睛",让有幸读到此书的人,如他所言:"终得心缘"。还有王冰、谭五昌、陆建、车延高四位高朋,虽无深交,却挥毫为拙作写了中肯的推荐语,为这本书走得更远,为我走得更远,泼墨鼎力相助。但愿我的诗能够配得上他们的书画和金玉良言。另外,我的忘年交好兄弟刘维岗和刘雕和,从诗集的分辑校对到装帧出版也付出了很多,在此一并致谢!

大路朝天,在诗歌面前讨活路,于我是天大的幸福,藏身于诗,称得上是人间的大自在。我曾在《爱诗就是爱世界的未来》中,向人间表白:"如果你在人海里寂寞/那就在诗海里放纵自己吧/爱诗,于我而言就是拥抱明天/热爱世界的未来!"

甲辰龙年冬月初四,榆林同心楼

目　录

辑二

辑三

辑四

辑五

辑六

辑　一

牛朝 《湖山居隐》 纵 29.5 厘米×横 24.5 厘米 纸本水墨 2017 年

你是哪一棵树的落叶

你是哪一棵树的落叶
这个问题至关重要

月亮不是灯笼
照不出这个谜团的谜底

其实，心田是人间最大的寺庙
心是最难成材的菩提树
你我都是这棵树的叶子

人生苦短，心路漫长
无愧于心的有几人？作为落叶
我们都零落于心
陨落于心

时光荒芜

"将炙啖朱亥，持觞劝侯嬴"
曾想和一切沸腾如热血的
赤诚相见
一诺五岳轻

数伏、数九
秋池是不是苦海
现在已不在心坎上，驿动
似曾相识，或不曾相识
都是一劫
磊落的只有光阴

时光荒芜
我坚信风会喊着阳光的名字
哄我，酣然入睡

时光荒芜
孤独虽不是涂在身上的蜡
自封于世尘之外
却也是，逝者如斯
"独怆然而涕下"

时光荒芜
梦在梦中争先恐后醒来
梦醒时分，我渴望金蝉脱壳

回到没有天高地厚的童年
人海里只有孩子的那份天真
熙熙攘攘

与生物生灵交谈交心

在生物这个词面前
人类不是例外
那些想把生物拟人化的想法
纯属无稽之谈

画地为牢，坐井观天
人类常常幻想激动人心
而从未想激动鸟心、草心
终是人类最为漫长坎坷的征途

现在，哥本哈根
那么多来自地球各个国度的精英们
围在会议室里，面红耳赤
争论自作自受、自食其果的
所谓气候、物候问题
这些自认为文明高级的人，异想天开
以什么《京都议定书》，令地球
别开生面

其实，我们的先人
"观鸟兽之文与地之宜"
早已名状刻画了我们的生动
比如忘忧草、连理枝
合欢树、比翼鸟
比如雄鸡报晓、雄鹰展翅

直到我们是太阳神、土地神
山神、水神、树神、风神……
各路神仙佑护的
龙的传人

地球作为生物生灵的家园
没有主仆
谁主宰谁都没有前途
人类作为过客，必须虚怀若谷
学会坐在山水之前
和生物交谈，与生灵交心
学会像她们一样
各司其职，安分守己
乐知天命

花开花落，冬去春来
我们生如草芥，命如蝼蚁
从栉风沐雨到零落成泥
冥冥之中皆有神明，皆是轮回
人类不要把手伸得太长
背对千山万水
要恪守祖训：物竞天择，客随主便
有所为有所不为
自然而然，方是
人间正道

幸福的下落

夜深，我被月色洗白
眼泪清洗着心坎上的薄凉
悲从中来，谁可名状
幸福的下落

提及幸福这个词
我很羡慕风呀鸟呀这些天然的事物
比如，作为舞者
没有谁比风儿更自由
比如，作为歌者
没有谁比鸟儿更婉转

窗外的灯火能不能孕育灯火
我在灯火面前，乏善可陈
只是以一个老顽童的未泯之心
双手互搏，把左手上的颤抖
用右手速写，素描在一首诗里
奢望挽留那些不幸的人
过夜

幸福在哪里
快要零落成泥的我
莫名地想起深埋在泥土里
土生土长的土豆们
土豆从不伤害土豆

她们以彼此敦实圆润的身体
簇拥在一起，在泥土的芬芳里
默写相逢的喜悦

以纸为田，耕耘烟雨
力透纸背、刻骨铭心自不敢想
兴许能种出一些朴实无华的土豆
和那些夜不能寐的人相逢在泥土里
埋首，从素不相识到一见钟情
也许这就是我实实在在
幸福的下落

今夕是何夕

昨天总是安慰我说:"再见"
我想不清楚她要表达的
是见还是不见

今夕是何夕
谁看见我苍白在一缕月光里
谁看见我躲在我的诗里
从迎风流泪到泪流满面

梦,风里来、雨里去
险象环生
梦不能加速夜晚的死亡
梦随眼泪垂落,焉能
盘活人生

今夕是何夕
流水虽无情,把我逼出童年
可他不是一个偏心眼
对谁都一视同仁
他把我冲刷成一块石头的模样
蹲守在泥土之上
前方是无尽的远方
脊梁上竟挑着一个苍凉的故乡

今夕是何夕

已不再把酒问青天
千里婵娟之事在千里之外
星光夺目，秋雨揪心
夕阳断肠，流水送别
熙熙攘攘的梦已不再是一条生路

我不忍对昨天说"再见"
我用昨夜星辰安慰昨天
至于明天的早安或是晚安
我们的安与不安就交给风雨
让风雨权宜我们的
活路，出路

心是心的彼岸

流水，溺死肉身的味道
我有切身体会，那种被呛
甚至被淹没的滋味
至今心有余悸

多少个夜晚的月亮
弯得像一张弓，我在弦上
归心似箭。隐隐绰绰的影子
像移动的活靶子
伊人拉满弓将影子射杀于心
死于非命

对岸的伊人，你知不知道
这是一个心死的、死心的过程
这是一个再生轮回的过程
这是一个立地成佛的过程

水边的我衣带渐宽
风把我为伊人的憔悴吹散
我对天涯说：
人海无涯心是岸，心是心的
彼岸

不再想什么可以重来

已过天命
我虽不相信马尔克斯所言:
"过去都是假的,回忆是一条不归路"
却也不再想什么可以重来

雷声不再是炮声
风雨自是天空自由的呼吸
河流自是大地自在的张弛
我不再留恋
心海涛声依旧
鸟依然用最纯正的乡音
为春天唱一支引人入胜的歌
落叶依然是一封被风翻阅
泛黄的信笺
山峁依然是故乡最发达的肌肉
能给我撑腰的,依然是
朋友的善良、宽容和真诚

我不再想什么可以重来
因为灯火,我们还要相逢夜色
因为等待,我们还要相识烟雨
如果漂泊是云朵的宿命
那么比生命更长的
一定是你来自心田的
款款深情

没有什么可以重来
物是人非往事如风,风过
草拥抱着草,你拥抱着你
岸对峙着岸,一切
嗷嗷待哺

春天是什么

想春天的时候
我在季节之外，群山守着我
上无浮云，下无流水
月儿不是新欢

如果谁认为桃红柳绿
便是春天
那还沉浮于流水之中
谈不上是一个深情的人
晓风、残月便可使春天走失

我也是一个狭隘的人
是一个纸上谈春的人
在性情之中，但没有殉情的勇气
更谈不上是一位烈士
充其量是远山的善男信女
远方的俘虏

"一枝一叶总关情"
我命如草芥，以字为媒
和草木兴会，刻画草的浪漫
我便是我的春风，把自己
催生在来年离离的山坡上
纳须弥于芥子，在心田上
修一条来世的路，不在方外之地

确有大自在

心潮几多澎湃,退潮之后
诗抱着梦,依然勇立潮头
诗已是我下辈子的胎记
这便是诗对我的恩情
我自当涌泉相报

那么什么是春天,对我而言
那些饱含诗意的一切
万般风情,姹紫嫣红
不是春天
胜似春天

童话

梦里常和一群孩子
玩泥巴，和她们围着星星
在天上人间
聊天

孩子们多次在梦里问我：
"小草认不认得我，
小鸟能不能喊出我的名字？"
我黄土齐腰深了，才试着回答：
"如果你和小草做邻居，
沾满青草的味道，小草就和你相认。
当你听懂自由的小鸟以你为歌词，
歌唱春天，小鸟就和你相亲
像亲人一样喊出你的名字。"

孩子们在梦里还有一个问题：
"有什么魔法让我快快长大，
像威风凛凛齐天的孙大圣？"
我至今都不敢接茬回答
因为我长大以后，面如土色
哪有什么威风凛凛，生如蝼蚁
哪有什么魔法齐天，命如草芥
就像孙大圣被压在五行山下
我不敢告诉孩子们
五行山就是让我备受煎熬的日头

我早想跳出三界外不在五行中

还有,在春天和天涯面前
我一直长不大
一直在人海里找那群梦里的孩子
一直在找灿烂在她们脸上的
天真与烂漫

物染春华

——写在癸卯兔年立春之际

明天，春回大地
是夜，星星们已脱颖而出
闪烁的她们一定会对春天
刮目相看

那些望眼欲穿的
即将被春风拂面
击中下怀，包括
我对我的幸福，知无不言
我对你的幸福，言无不尽

那些杳无音信的
瞬间被我一梦千里
春光的明媚悄然比兴我的人生
坐实你脸上的笑容
挥手之间，生活将
别开生面

灵魂出窍，又怀春
养山骨水肤，盈天地浩然之气
春风化雨，如一壶喜酒
干渴的心灵，干涸的土地
一饮而尽

春天,挺直腰杆
站在脚下这片辽阔深沉的土地上
擘画远方
人间又要被春天
垂青,垂爱,我兴奋得像个孩子
以身相许一树梨花
渴望用一双干干净净的眼睛
给我的明天,你的未来
张灯结彩

这样,昂然生发的不止是树
还有开河的春水
还有开挂的人生
一切将风生水起,春暖花开
物染春华

唯爱让远山绵延

如果秋凉裹着你的身体
你身后空无一人
什么可以使你把酒临风
笑对人生

每一个人都将被来自心田的风
风干。那么阳光言传身教了什么
我坚信天空的辽阔
不仅仅是鹰俯冲出来的
骨头和骨头铮铮
绝对响当当
热血和热血撞怀
绝对鼎沸人间

月光慈悲于夜
星光大于所有的夜色
先于泪水落下来的一定是爱
只有爱借着月光、星光
改良黑夜
如昼

只要有爱给心灵站岗放哨
你就会有一双落满阳光的手
点破秋风
点化冰封的河水

人间最大的靠山是爱

爱让你深情地活着，把肉身放空

还原灵魂的自由

壮丽人心和山河

天堂的模样就是爱的模样

爱是天堂的故乡

只有爱能战胜黑夜

势如破竹

只有爱能开挂苍白的人生

唯爱让远山绵延

去有风的地方

月是夜晚最明媚的灯火
她那么美，那么缠绵
为谁的爱情指南？我只敢偷着看她
我害怕自己见色起意
我担心她将我的腮帮子描白
思红

我的心思经不起月下一棵柳树的
垂问。还是和立意高远的风
一起漂泊吧
去有风的地方，坐看云起
身边的野草舞姿婀娜
风可渡她，也可渡我
我有了一株小草的幸福，尽情期待
下一个春天的轮回

去有风的地方
让风喊破喉咙，如嘶鸣的马
平仄远方不醉不归的人
看风如何速写草原的辽阔
纵身，赶着那些血色黄昏沉沉夜色
望风而逃

去有风的地方
迎风流泪

对一棵参天的大树
感激涕零
让凄美的落叶回首指认亲人
入土为安
封存春天

去有风的地方
追寻河流的遗址，寻觅风干的记忆
兴许，人群不再和远山
对峙。风流连过的村庄
不再遥远。作为村庄的土著
乡野之人，我会拿风中的炊烟
馈赠良人，遥祝她的明天
在春风的指引下
风生水起

何以为家

天,被一首诗蓝透了
有飞鸟掠过
歌唱她的辽阔

我不等春天坐了江山
就和羊群会合
就和阳光碰头
就和青草叙旧

"既然选择了远方
便只顾风雨兼程"
汪国真的目光擦黑而来
如雪落满心田
我深爱的,被西窗剪下
比如春花、群山
比如秋月、星空,甚至
窗棂上干净欲飞的
心灵

"云横秦岭家何在?"
韩昌黎回不了家的时候
梦断蓝关。而我一个以诗为家的人
雪拥蓝关,便是天涯咫尺
便是家了

心灵上的日出

面如土色的我
渴望赶在深夜之前
抵达阳光深处

凌晨,或者更早
我就站在心坎上
看日出,看阳光破土
看阳光给山川河流热身
哺育生生不息的人间
温暖川流不息的人群

日出扶桑啊
我像一个热望着母亲的孩子
拥抱着阳光
洗心,革面
重新做人

梦和大地
再一次笑逐颜开,我顿悟
阳光才是梦和土地的红颜知己
和不老的青山,一起
驻守人间

爱,这么辽阔
我幸福地站在心灵的东山顶上

淡看浮云、浮名

名落孙山。我坚信

明天晨曦中东山冉冉升起的太阳

会使每一个悲怆的灵魂

温暖如春

返老还童

快要鲐背之年的母亲
特别喜欢吃柳青故乡产的青梨
说苍天眷顾贫瘠的土地
让陕北的山沟沟里，盛产
这样的仙果，水个汪汪
脆个灵灵，甜个滋滋
比王母娘娘的蟠桃还好吃

母亲年轻的时候，反复读过
柳青的《铜墙铁壁》《创业史》
《种谷记》《在故乡》
说这个叫刘蕴华，土得掉渣的人
像陕北山峁最为参天的一棵大树
那些文字就像他手上的老茧
破茧成蝶，并蝶变为硕果
殷实土地，喂养祖国的丹田
盈满植物本身的味道，就像青梨
让她爱不释口。那种甘甜
在母亲的心坎上，芬芳了
一辈子

母亲眼里那份情不自禁的
虔诚，让我突然想起
小时候渴望吃糖的样子
和母亲眼前吃青梨的样子

一模一样。虽然母亲现在满脸皱纹
却像一个天真烂漫的孩子
陶醉在青梨的甘甜中
返老还童

谁来定义秋天所有的美丽

流水不送外卖
风,投递的也不是鸿雁之书
光阴不辞而别
秋也要远行
谁来定义秋天的美丽

谁把天空当作摇篮
不再为浮生尘埃落地
而瞻前顾后
一只秋雁,在摇篮之中
给了我孩子般的渴望

秋是我和候鸟们迁徙的
必经之地。不断和肉身
拱手作别,纵身天涯
说明这个世界上还有温暖的地方
筑巢,逾越冬天,相亲相爱

风在梦里,扯了扯云袖
我在云端,甩了甩水袖
远方一定会有一块幸福的地方
等我。就让一双飞翔的翅膀
一双寻找温暖的翅膀
定义秋天所有的美丽

夜里一个任性的人

夜,静不下来
梦是弄潮儿
乘风破浪
直挂云帆

我多么任性
让流水断流,让时间见鬼

我可以面对雨水和爱情
语无伦次,想到哪说到哪
我坚信她们终将以浪漫的形式,沿着梦
未完待续

我在这个宁静的夜晚多么任性
任性到像一个忘我的佛
什么都可以由近及远、由远及近
纷至沓来
什么都可以从无到有、从有到无
随遇而安

今夜,我就是这么任性
我可以不出阳关
以一个诗人的名义
请远山抬起头,对着星空
仰天长啸

挽歌

"也无风雨也无晴"
读苏子,叹残生,能不能
"一蓑烟雨任平生"
收官生涯

而唐人刘禹锡
有没有竹杖芒鞋无从考证,确是
"东边日出西边雨
道是无晴却有晴"

他们都是我的灯火
却也挥毫泼墨难过情关
难怪曹雪芹梦断红楼
"满纸荒唐言,一把辛酸泪"
红尘梦尽,如石头
安放回青埂峰
补情,补天

我在人间像一块顽石
更谈不上天生玉质
现如今面如枯槁、行将就木
落叶般,在皇天后土之间
摆渡余生

再美的云,也是浮云

雨打芭蕉,雪打灯
我梦断天涯,也只是自刎于
两个故人诗词的字里行间

"也无风雨也无晴"
"道是无晴却有晴"
此生须臾,就借着这金玉良言
作为挽歌唱给自己的灵魂
也作为我的悼词和挽联
给我的一生
盖棺定论

往事如挽歌

童年以西，就是一甲子吗
青春已逝，岁月如梭
白发还没有学会
自行了断

看不清晚霞是谁的刺绣
针针见血
和夜色秋后算账
显然，迟了一步
心还没有死，苦等着一场鹅毛大雪
清算一切，洗白一切，覆盖一切
息事宁人吧

月亮上面悬挂着谁的海誓山盟
其实流水就是一个小人，与时间
同流合污

往事如烟啊
所有的远方都在苍穹的笼罩之下
所有的过往都在流星的射程之内
所有的人死了才垂下手
撒手人寰

往事如风啊
我们不能和阳光谈人生亏欠

我们不能和雨水索要战利品
我们心中的月亮也只能自负盈亏

往事如挽歌啊
落叶不是一棵树走失的孩子
只是在轮回中，舍身根的深沉
就像候鸟们在迁徙中
追随春天

往事如烟，往事如风
往事如挽歌，幸好
鸟的欢唱不是一门手艺
我不担心她的声音失传
夜的口味再好
也只是喝了一肚子流水
风的口气再大
到头来也只是两手空空

人生苦短
我们的身体不是悬崖
我们的墓碑也不是谁下辈子的伤疤
我们只是一个：
含泪，风雨兼程
含恨，质问苍天
含笑，直面九泉的人。因此
即使没有明天，今夜
也要纵身天涯
纵情远方

至于佛，你就当向苍天
借了一只倾听的耳朵
陪伴你的灵魂
在尘土飞扬，如风、如烟
如挽歌的往事中
倚天屠身，引颈自刎
祭祀你的
真身

天籁之声

和星星们捉迷藏，穷开心
累了就歇在童年的梦里
声动天籁

如水月光是五线谱吗
寒山钟声是休止符吗，我
一知半解
更不敢对巴赫、莫扎特
远去的俞伯牙、寸断肝肠的阿炳
他们那些扣人心弦的声音
断章取义

但我一直在找我的音乐
我心灵上的宫商角徵羽

眺望远山，松涛阵阵
像大山的交响
伫立树下，树叶婆娑
如清风在奏鸣

时而听见雷声滚滚
像苍天在咏叹
时而听见风声鹤唳
似人生如戏的高八度
时而听见溪水潺潺
似戏如人生的低八度

时而听见浪花翻飞
忘情报答大海的深情
时而听见巨浪滔天
像是沉醉的波涛对着辽阔天空
放声歌唱

和这些对唱的
还有来自天空的鸟鸣
来自山坡上牛羊的叫声
还有山涧的泉水作为和声,叮咚
清唱

哦,还有那些山上的野花
开了又谢的声音
凄美而忧伤
像一首淡淡的民谣,静静地
浅吟低唱

而我奋笔疾书了这首诗
作为绕梁余音
甚至想,作为响箭
给这些天籁之声
拉一曲最为明快的
协奏

夜深纸薄,情长纸短
我为这些来自故乡的天籁之声
泪流满面。落泪的声音
掷地有声,此刻正击穿我
如鲠的咽喉

此生须臾

此生须臾
这样描述我的一生
比人生苦短
更形象

少不更事，不知道
在风雨里珍惜什么
一溜烟，火红的青春
落在白桦林里
像一封尘封的信
在蹉跎的岁月中
读着，读着，就泪烛始干
来不及蓦然回首
远方已是一个梦了

幸好，在须臾之间
四季轮回，生死相安
春回大地，人类有了自己的童身
鸟儿布谷，人类有了自己的村庄
秋叶坐化，人类有了自己的归宿
雪落人间，人类又回到了自己的童年

你看，在心这个最辽阔的沃野上
我如雪花飘落
山川河流便是我的营地

煌煌人间便是我的驿站
来年春鸟一声，将我点化
我释怀于一江春水：
"忠于自己才是终身浪漫的开始
忠于灵魂才是一生灿烂的归宿"

此生须臾，即使
虚度光阴，给生活打了白条
却也留下了足够大的空间
和她两不相欠。终是想
哭着握手红尘而来，能否
笑着撒手人寰而去

我渴望落叶，故地重游

落叶，如轻舟
在秋梦里
返航

轻舟可过万重山
我感到欣慰，我像落叶一样
轻薄，归根到底
不是对自己的
妄自菲薄

我轻如落叶
绝不可能是远方的一个路障
只是没有什么路能绕过远方
比如，最自由的风
却对远方钟爱了一生
比如，孤独的我
却只想和远方恩爱一场
只想让远方溺爱一生

落叶，来自远方的橄榄树
作为故人，我渴望落叶
在我心上，轻盈如蝶
故地重游，再落
梦乡

和风雨叙旧

和风雨叙旧,给光阴净身
很多的时候,只想聊给落叶听
时至寒露,时至天命已过
还没有把天聊成空的
还没有把我聊回童年

是的,我沉浸在自己的身体里
几十年,还对一片落叶的形象
无从下笔

风雨在风雨里
一直为我找一些杳无音信的人
还有失身在人间的雪
一直为我预报春天的真
一直惠存烂漫
我的天真

比如,我想把春天写进一首诗里
渴望把《绿化树》们再次刻画为
山河的手足,土地的子孙
比如,为了一枝莲荷的清白之身
我对她能否安全越冬
寝食难安
比如,我想把月光素描成
一条流动的河,就先把你

作为河床一部分，临摹
在她的身边

和风雨叙旧，淡然
从梦里回来
确不是一件简单的事情
生活没有原型
委身于一片落叶，真不敢
超然物外，眺望
归途

不动声色

汪曾祺说:"生活中的美好
大多不动声色"
我没有这样的平淡
斑斓的梦就是我活着的证据

月光会不会签收一行热泪
没有人会对这样的事情
不动声色。其实
把自己藏在远方的眉宇之间很难
把生活交给一声鸟鸣
还是交给一道闪电
没有这样不动声色
泾渭分明的事情

我只是想把落日的金边
作为一抹红晕,镶嵌在月亮的脸上
我只是想把我苍白的一生
作为安澜,安放回故乡
那条蜿蜒的河流上

我是不是蓝天写下的一个绝句
在人间一语成谶:
"我是一个爱照镜子的人,
但我从不想生活在镜子里"

我的心动了这样的声色
而镜子平静得
从不动声色

灵魂之路

我离耳顺之年都不远了
还来历不明，下落不明
还是一个风尘之身
还祈祷灵魂一点一点收拾干净

庄子的撄宁为谁所有，灵魂说：
"你不要以为雨水和月光
会一针一线缝补你所有的漏洞"

是啊，回首往事
鸟儿飞过的天空
确使我对辽阔的概念愈加清晰
乌云掠过的天空
确使我对湛蓝的印象更加深刻

而这些天窗都是灵魂打开的
在灵魂面前，骄阳和秋月
也只是我的流水日记，你看
骄阳喜欢单打独斗，一脸杀气
秋月喜欢素面朝天，一身霜白

而灵魂这个蒙面大圣
哪管昼夜景色，正如顾随所说：
"境杀心则凡，心杀境则圣"
灵魂出没的地方

哪有什么岔路口
怎么会被沿途风景、一路风尘
淹没

谁也画不出灵魂的自由之路
他就在那里
既不报春，也不破晓
金口一开就吓得我魂不附体
比如每次来的时候淡淡地说：
"沉睡在黑暗里的，都醒了吗"
比如每次走的时候冷冷地说：
"你这个人间夜晚的笑柄，
月亮选择在黎明前出走，
就是为了让你在美梦中醒来"

对于灵魂之路上的灵魂而言
我只想做一个处女，守身如玉
等他热吻，为他献身
爱他就是我此生来生最大的秘密
生是他的人，死是他的鬼
甘心做他的猎物，甘愿为他
寸断肝肠。如果他有了新欢
不再临幸我，我就像月亮一样
素面朝天，挂在星空
为他，守三生三世的
活寡

夜的交响

你不要以为
夜是一座峭厉的山
黑色遮住了他的真面目

和他对面不相识
踏着夜风鼓点来的
不一定是他的同伙

比如星空，沁人心脾
深邃的蓝
比如红着脸扭头就走
不敢正视净过身的月亮
却藏在远山背后偷看的落日
比如远道而来，风尘仆仆
在一棵树下婆娑的影子
哦，还有灯火……

这些把手伸进夜的深处
开始交响，开始指挥
开始收拾支离破碎的一切
长城不再是谁家的院墙
西风不再是谁豢养的剑客
村庄不再喘着粗气
渴望鸟鸣和雨水
天涯近在咫尺

我捧着落叶，喊了一声故乡的名字
脚下的路，一个趔趄
不再蜿蜒曲折！

黎明还在路上
我就骄傲地对夜晚说：
"如果你再次交响夜色
我就和生命再一次把你的黑暗
排练，合唱成所有春天的乐章"

夜莺的叫声，放生了我
作为她的口信
我就在一张纸上，四海为家
围绕夜色，以心为舞台
以笔起舞，交响
一个静静的
夜

什么如初，什么如故

不敢轻易蓦然回首
怕灯火阑珊处没有人

灵魂出窍的时候
我就是一个站在家门口
问路的人，寻找没有作为人
降生，那些在母亲羊水里的时光
无欲无求的十个月，肉乎乎
浸润在温暖的水里
母亲痛并快乐着，给她的梦
孕育一首血脉相连的诗
献给爱的明天

以至于我牢记着母亲分娩的那一刻
一直固执地认为撕心裂肺的痛
才是拥有和感知幸福的源头
以至于我一直用来自母体的热血
沸腾夜晚，以母亲临产的状态
炽热汉字，拆封自己
告诉这个薄凉的世界
什么如初，什么如故

底色

我曾在雪地上
写下我和你的名字

风把这样的痕迹
一笔勾销
你的影子婆娑成泡影
幻化成我这出独角戏
最为真实的剧照

月老手中的红线，串起残梦
心房业已成为我独守的婚房
我还笑着对天涯自嘲：
我还有和文字抱团取暖
喜结连理的本事

耳顺在望，我很庆幸
不再理会流水甩给我的脸子
不再理会风唱什么样的腔调
莺飞草长，在一张雪白的纸上
繁衍一朵雪花的洁白
厚植人生的底色

沧浪之水

多少泪雨,落在流水中
沉积为一条河的湍流

由于我的无知
所有的风都曾呻吟
所有的江河都曾咆哮
多少个暗夜,我啼笑皆非
我为找不到我而悲伤

我常愿胸襟和阳光血脉相连
"时光能缓,故人不散"
担心,冒犯你和明天
而流水喧哗,人海喧嚣
沧浪之水从哪里涓涓而来
濯缨濯足

我是不是人间的一座破庙
四下透风,漏洞百出?

佛说,走出自己是一件大功德
佛说,眼泪就是沧浪之水
不但濯缨濯足,濯世濯心
而且最为解渴

素面朝天

素面朝天
我只有素颜开着，与烛光
素描西窗里的远山

素面朝天
就不担心月亮被心中的贼
质押在天空，失去了自由
就不害怕马致远在一抹斜阳中
骨瘦如柴

我的脚步，只是敲击
大地这个亘古的缶，奏鸣：
月亮这块美玉，完璧归赵
阳光明媚过的，物归原主

素面朝天的我
像那些素面朝天的草木
只是茂盛着脚下的土地
雨水已不是来自天空的眼泪
没有谁是我三月要下的扬州
只是等待莫名的光阴
在彼岸与此岸间，天高云淡
望断南飞雁，望断天涯路
轮回人间的，再一次
素面朝天

光阴抚摸着我的额头

耳顺在望，人生已入秋了
我低沉如一片落叶
像一首挽歌里悲伤的音阶，被秋风
吹响

光阴，开始下意识
抚摸我横秋的额头
雁鸣将天空压得很低
晚霞洒满一条河，我提心吊胆
害怕阳光随流水
背井离乡

这样的时刻
你悬在一棵树的枝头
在来路和去路之间
像一枚酸涩的青梅

光阴总是这样抚摸着我的额头
我像是她抱养的一个孩子
梦已是身外之物
我抱头，不再失声痛哭
更不是为了鼠窜，以这样的姿势
埋首，深情、深沉地
活在聚散之间
从我到你，从心到心

在秋的宁静中
光阴总是抚摸着我发烫的额头
冰封孤独，佛一般
敕封法号

宿命

好些事情来不及和星光斟酌
来不及和秋雨广泛交换意见

比如，我睁着眼就迷了路
比如，蛰伏在家里
一边写诗，一边却喊着救命
好多事情都在意料之外
猝不及防

再比如，那些以月为船的梦
来不及和星光打招呼，擅自做主
偷渡到一个人的窗前
偷听月亮难以启齿的歌
偷看心上的人

看不清风雨的经纬
多少玉碎还是瓦全的时候
都想和星光促膝斟酌明天的晴雨
以盎然的春意回应群星皓月
很多事情盼柳暗花明，往往是
忽然而已

我们每一天的生活
不一定是诗的细节
而生活的每一天

都可以是诗的韵脚
我们要做的就是放空心田
安然听命于天
善尽人事，这是不是我们的
宿命

禅意

有草原的地方就有雄鹰
我不再问草原：
"雄鹰回家了吗"

我的目光折返我的青春
牧羊人的目光折返阳春三月
时光起舞
我们的目光交织
折叠远山的苍翠

时光荏苒
谁的屋檐滴水如歌
将一腔热血淬火
锤炼为佛的舍利

心为彼岸
鸦雀无声,杳无人烟
阳光,若无其事
月光,我行我素
没有花朵的地方
花朵更迷人
没有天空的地方
天空更辽阔

爱诗就是爱世界的未来

诗，璀璨过的星空
和我，在心田上
鸡犬相闻，才知道
写诗就是梦把心灵撑得慌
不吐不快
一吐为快

这可不仅仅是编辑阳光
反刍孤独，把流水背道而驰的部分
写生，甚至把月亮里苍白的爱
开诚布公，沿着灯火
快意人生

这样，以一张天真的脸、驿动的心
在人间化缘
坦然面对那些缘或非缘的事物
比如热爱春天，不妨默写一首诗
抬爱春风。即使成色不足
你也不要担心
那是你灵魂活着的铁证
藏身于诗，称得上人间的
大自在

法国人克洛德·列维说：
"这个世界开始的时候，人类并不存在

这个世界结束的时候，人类也不会存在"
你看，人类是多么渺小
热爱诗吧
让"远近高低各不同"的我们
短暂的人生，变得晴朗而辽阔
让诗的湛蓝，皴深你的远方
"横看成岭侧成峰"

如果你在人海里寂寞
那就在诗海里放纵自己吧
爱诗，于我而言
就是拥抱明天
热爱世界的未来

辑　二

牛朝 《湖山居隐》 纵 29.5 厘米×横 24.5 厘米 纸本水墨 2017 年

云朵上的遇见

——兼致旅途中的人们

相约三月
我们和梦一起启程
作为风的伴侣,快乐如风
相遇生命的春天

我们有缘来到天府之国
和茂县的千年羌寨
相逢,她像云朵枕在岷山上
难怪羌族被称为云朵上的民族
羌人亲水、亲石,深耕每一寸土地
信奉"神在人上"
女人们把山水田园悲欢离合
一针一线织在羌绣里
缠绵每一个梦
青稞酒、锅庄舞陶醉着
这片土地上的每一个人
我极目羌寨高大无比的寨门
洞穿人海,眺望风雪中连绵的岷山
仿佛和远古的先民一起呼吸
我在人海里找不到的
在羌寨淳朴的民风里
在这片神奇的土地上,在云朵上
萍水相逢

我们有缘来到成都的宽窄巷子

流连穿越在古老的街市里

偶遇一个拍手鼓的青涩姑娘

她用似曾相识又淡定的目光

和我打招呼。我悄然坐在她身旁

她向我礼貌地点点头

微笑着自由自在打着手鼓

心无旁骛,活在自己的节拍中

酩酊着自己的远方

我惊讶于她在熙熙攘攘的人海里

安静,恬淡

那一刻,她像一朵洁白的云

安详着红尘

宛如阳春三月最真实的美丽

那一刻,我忘记了人海里的沉浮

就像一个迷失的孩子

从天边回到久违的故乡,和失散的羊群

在青草萋萋的山坡上和云朵一样的姑娘

一见如故

相爱如初

其实,我们的一生梦和灵魂都在旅途

安下心来去看沿途的风景

不期而遇春天

也是我们爱的一种方式

其实,人烟处自有刻骨铭心的悲欢

就像相逢千年的羌族

就像相遇那个青涩的姑娘

我们深深地爱上她们

就像我们沿着春风听着鸟鸣
就像我们沉静在心田
远远张望、深深渴望，下一次
云朵上的遇见

一个人的日子

一个人的日子，不好过
擦身而过的风
一米之内，就为擦肩而过的爱
举行葬礼

一个人的日子，不好过
目光倒是可以自己支配
极目远眺
一只鸟没有穷途末路
却清晰地瞭望到自己的影子
被依稀的山色淡化
不敢蓦然回首，害怕往事
光秃秃，荒无人烟

一个人的日子，本不好过
像是在冬天的雨雪里
面对封冻、冰封的世界
如履薄冰
还要尝出冰糖的味道

一个人的日子，本不好过
"才下眉头，却上心头"的事情
一桩又一桩
已是纷纷扰扰，窗外
哗啦啦的流水还要把雨水

批红判白

一个人的日子，真不好过
我只能把风当作身外之物
在一首诗里
不省人事，把末日写生为
来世

夜话

我没有风的自由之身
夜深人静，月亮在夜空
茫然四顾

星星们演的是哑剧
真挚的表情不言而喻了很多，甚至
断然化为流星燃烧夜空
擦亮我的眼睛

我确是感恩于此
若是心海茫然处
浮云自是弄潮人
我们出门奔波的时候像是云朵
回家的时候应是雨水

夜，装着我衷肠里
一地的相思，不得不请
月光妹妹再次拿起针线
缝补断肠

阳光虽不是谁的家产，无法变卖
但我们不该是灵魂的难民
就让我把星的闪烁
数成怦然的心跳
流星般燃烧，点亮夜空

刻画一首诗，和人群
彼此相爱。并端坐在灵魂深处
用诗歌的温暖抱紧你
一路把你护送到春天

写给童年的信

风雨,戏言人生
我迷途知返
找你,而你如迅雷
走得那么急,跑得那么快
我还没来得及在你怀里
撒娇,撒欢

现在,我小心翼翼
把自己关在心里默默给你写信
你不用担心,时间她找不到我
她分不了我的心

我在你面前有说不完的悄悄话
比如想把云朵当竹马来骑
偷摘一颗青梅甘甜泥腿子
比如想被春风牵引着
让故乡的蓝天把我当风筝来放
比如想捧着落在你身体上的雪
堆一个雪人,用她的笑
换一块春泥,捏出春天的温暖
送给卖火柴的小女孩
作为她掌心里的宝
珍爱一生

亲爱的童年,我知道

在《一千零一夜》里
你也有哭泣的时候
为《雪人》，为《白雪公主》
也为《七个小矮人》，可你流下的
那些最为干净的泪水，晶莹着
所有天涯里的人，刻画着
人类的远方

亲爱的童年，我知道
你从不想打动谁
无邪的你，却让灵魂有来自母体
最初的颤栗
我没有高尚到为爱活着
我只是为明天遇见相识一个孩子
而期待，而梦想天开

亲爱的，我知道
你从没有想过什么是爱
给你写信，我也说不清什么是爱
没有你的日子被流水唤作岁月沧桑
返老还童已是一种传闻
但你那张天真烂漫童话般的脸
已足够我深情地
钟爱一生

一拍两散

"雪拥蓝关马不前"
韩昌黎也有回不了家的时候

雪查封了所有上山的路
盘查所有回家的人
在皑皑白雪面前我们都是污点
雪线之下,五斗米
是我灵魂的封条

没有谁是爱的界碑
西沉的月也会被光阴
修辞抽象为一片落叶
她,一个转身
两个天地,阴阳两隔
因此,和落叶一拍即合
就是我们作为草木
最后的宁静与空灵

挂在夜空的月不是一条路
但她高过群山的时候
梦就比夜晚
高出半个身子。其实
梦也会使人间遍体鳞伤
风曾露骨地说:

我不会怜悯你们夹生地活在人间
我会毫不留情地把你们和梦
一拍两散

刑场

群居的不一定是人
网曰:狗永远是狗
人不一定是人。其实
要在如蜀道的人间活出个人样
也不亚于上青天

人间这么大个囚房
不是囚犯的有几个人
有几个人不在人海里
沉浮

夜晚这么大个疆场
夜色明目张胆,目空一切
舍生取义、舍生忘死的寥寥无几
心死的,死心的
一茬、一茬,一拨、一拨
落荒而逃

我也难逃一劫
我的腰间没有倚天屠龙的兵器可挂
腰上缠的也不是白花花的银子
只有一条故乡的小溪
缠绵

晨曦里的阳光,依然枕戈待旦

涨红了我的脸
我窘迫于对这个世界的无知
风，这个刽子手
会不会将我越挫越勇
无知者无畏，以笔为剑
点亮心灯，挑落影子
将肉体里属于流水和狗的部分
推出午门
斩首

征战夜晚这个偌大的疆场
梦将我五花大绑
我是我的刑场
诗如马革，裹尸
撒手人寰，作为亡灵
等星光招魂

斯人，斯地

斯人，且谈桑论麻
斯地，且点豆种瓜

斯人，雨天不打伞
说是对雨的尊重
斯地，响雷人人笑
说是来自天空的掌声

斯人，喜欢一成不变的阳光
斯地，不喜欢千篇一律的眼睛

斯人，不担心春风指引的方向
斯地，却害怕秋叶落错了地方

斯人，以字为媒
迎娶深闺梦里人
斯地，以风为宴
款待八方天下客

斯人，存活在一张雪白的纸上
常颤抖着手，害怕
孤掌难鸣
斯地，躺在960万平方公里的土地上
像故乡一样，担心
孤枕难眠

在夜里写诗

在夜里写诗
就是想让拖泥带水的脚
和土地沾亲带故
就是想和梦比肩,和春天
比邻

我不甘心在浩瀚的星空下
没有仰望的眼睛
在湛蓝的湖水里
没有天鹅优美的舞姿

其实,梦在流水里很难存活
夜里写诗,就是把流水的部分抽干
不再对被风追问过的
哑口无言

其实,梦和诗孪生
诗就是人类的粮草
虽然人生不是征战沙场
但我坚信,兵马未动
粮草先行

在夜里写诗
诗就是我放大的瞳孔
睁大并瞭望的
眼睛

就这么活，就这么过

我们都是人海的波浪
姑且去听那些弄潮的声音吧！

听鸟儿唱歌
给春天作揖
和大树一道参天
与春风一起浩荡
和伊人联袂沧桑人海
天黑以后，就打开天窗
把星星们说的话
当真。就这样我们怀春自渡
找人生的晴朗
找自己的远方
把云朵认作花朵
把青草认作亲人，把酒
酩酊烟雨
浪迹心海

远方没有七寸
月亮也不是远方的节骨眼
我们就用窗棂上闪烁的灯火
点燃梦，给灵魂驱寒问暖
蓦然回首，即使零落成泥
又和土地相爱如初
又和根拜了把子，抵足而眠

苦短的人生何其快哉！

就这样沿着星光，公转
就这样围着心灵，自转
就这么活
就这么过

原告

一个被鸟鸣款待过的人
应该铭记天空的辽阔

换句话说,鸟不喜欢人类
围观。鸟喜欢在天空兜风
以歌声开路,以翅为笔
擘画自己的灿烂前程

人间有多少人编织精致的鸟笼
捕鸟?煞费苦心将自己送上法庭
诉讼,成为大自然的被告
灵魂的原告

如果你是一张地图

阅人，比登天还难
每个人都像是一本无字的天书

如果你是一张地图
按图索骥，按部就班
我就能找到一个完整的你
包括你的骨头热血，凄凉悲欢
包括你的故乡和春天
在你面前，我再不会迷路
再不会把你当作一个谜团
共天涯来猜

如果你是一张地图
我就可以以一个孩子的口吻
看图说话，给你袒露梦里的一切
把我的心翻个底朝天交给你
心甘情愿做你的泥腿子
让泥土的味道
芬芳我们的手，芬芳我们的天
芬芳我们一辈子

如果你是一张地图
如图所示，以心为标高
以诗为海拔
我会准确地预测明天的经纬

从此再不怕和夜短兵相接
真诚地站在你灵魂的对面
放声歌唱，放飞心灵
和你共同勾勒一幅人生的蓝图

一马平川

鸟，飞不出天空
我，走不出人群
对这样的现实而言
我绝对不能活成一则寓言

上半生已被流水挥霍无度
下半生必须化整为零
绝尘。那些落满心田的阳光雨水
一定要亲手化零为整，列队
致敬每一寸难舍的故土

这样，我的真实性在于：
像河流从不留恋群山的绵延
坚定自己的方向和追求
像群山从不羡慕河流的远方
蹲守脚下深沉的土地

这样，斑斓的梦
举手投足
信马由缰，驰骋在星空
一马平川

我以过客的名义告别流水

我以过客的名义
让风尘吹皱客袍,轻轻
漫过一寸、一寸的
光阴

过眼云烟迷蒙我的眼睛
其实,我有一双婴儿般的眼睛
从不是春天的墓地
本像是天上的星星
一眨、一眨

流水对我的盈亏
也只是略知一二
水性仅仅是对吃水很深的人而言
绝不是交欢的鱼

现在,我作为一抹夕阳
如果没有坐爱枫林晚
没有黄昏这个院落
算不算一个无家可归的人

夜正在陡峭给星空看
谁是一个跪在灵魂面前
欢笑哭泣怒放的人,不管怎样
我要以过客的名义告别流水

像一只春鸟听着自己的歌声
飞翔，嘹亮
远方

秘不发丧

——又致杜甫

你曾和残阳
歃血为盟，诗就是
你的誓言

我失血过多
从没有放弃向草堂的落日
化缘。虽然茅屋里的你已坐化在
无尽的苍茫之中

"感时花溅泪，恨别鸟惊心"
我知道，《春望》里
你恨春风无踪，恨寒蝉无声
恨自己不是佛前的莲

我不想白鹭上过的青天
将你的魂魄中饱私囊
白云纸阔，北斗墨浓
今夜，"窗含西岭千秋雪"
我守着你的《春夜喜雨》
守着你的烟雨诗意和魂魄
守着你这个业已作古的人
秘不发丧

摇落繁星

宁静的夜
繁星点点，我像淘米一样
静铺薄纸为秋池，淘上三遍
星汁如露，浇灌我如瘦菊的影子
我的影子不再穷困潦倒
影影绰绰，摇曳
深秋，夜的浪漫

这样的秋夜
繁星和落叶一样静美
一身霜白的我
看见我薄凉的身体，竟
不再凉下去

眺望红梅傲雪，飞雪迎春
没有风为我转身
一介草民，如风中摇曳的菊
试着用苍白的文字，素描
一双落满月光的手
摇落繁星

熄灯以后

熄灯以后
闭上眼,把时间赶在黑暗之中
梦,燃起来
你不再是爱的下一秒

村庄已在群山的臂弯里
安然入睡
如果你如落叶般的身体
还漂泊在天涯
回不了家,就让我作为孩子
作为泥腿子
在你心房坐一坐吧
打小我们就和春风
两小无猜,我们索性谈一些
关于泥巴的传奇

熄灯以后
雪净了身,准时来渡我
这个尚未净身之人
她是我一生最难忘的形象
我对她,情有独钟
夜莺也如我,情不自禁
为她歌唱,高歌
每一个渴望节节胜利的
灵魂

熄灯以后
秋水和影子是年轮中最为坚硬的部分
我喊着你和故乡的名字
月儿,如秋镰
收割着弥漫在我心上的
荒芜

熄灯以后
泪光可否追上星光
秋雨,像一个打更的人
所有的心都被她敲打得
七上八下
所有的光阴都在她手上,凋谢得
七零八落

她一生都是一个少女

她来的时候，手握重兵
宿营在心田上

文人墨客们
请她挂帅出征，为她的明媚
剪了不一样的彩

直到现在
没有人能破她在人间
布下的阵

我来不及问她
出生前的模样
她的神奇，或者说
我惊讶于天生丽质的她
对自己的美丽，能够
自圆其说

她是天派来的
走出春闺的梦里人
对于人间而言
她一生都是一个少女
楚楚动人

和一个女人谈天说地

一个从小被过继的孩子
一个 26 岁的新婚燕尔
27 岁丈夫就天遭横祸
失去另一半的女人
一个没过天命就和癌抗争的
中年同窗

和她谈天说地
顿觉天苍地沉
她说从小继母就把她当佣人养
干什么都没底气
她说早年丧夫
就开了一家服装店
穿梭于城市之间，在忙碌中
忘记伤痛、忘记时间
她说为了生活、为了孩子
她又进了另一个男人的家门

她说现在的男人把她的孩子
视如己出，哦不
她的孩子对现在的男人说：
"我就是你的娃，我会给你和我妈
养老送终"
她说她把自己一天也没有住过的新房
让现在男人的六弟住

她说现在的公婆就是她的爸妈
现在男人家的人都把她当亲人
几个弟妹都亲切地管她叫三嫂
她说老天爷又放过了她
和病魔擦肩而过
她说现在她的儿子健康快乐
去年考上了法官
要于壬辰龙年 10 月 6 日结婚了

她说着，窗外的秋叶落着
而我仿佛听到了春天的声音
我看见她脸上久违的笑意，又
喜上眉梢

她说的时候，眼里闪过的泪花
诠释了所有的不幸与幸福
我抹去的泪水，我希望
能稀释她一肚子的苦水
能晶莹她的几许深情

听这样的女人
谈她的天、说她的地
除了对她的不易
感同身受
还有对她的直面生活、笑看人生
敬佩不已
她的天是辽阔的
她的地是深沉的
她像一只鸣唱的鸟，再一次燃烧了我

再一次嘹亮了我的人生

哦,我这个老同学她喜欢喝酒
我也喜欢,我希望
我们经常聚首,谈天说地
面对不如意的人生,面对不尽然的生活
就着如烟往事,把甘苦如酒的光阴
一饮而尽
喝个底朝天

我和雪的关系

此生,最期待的高朋非雪莫属了

在一场梦中我懂得了
纯粹和洁白对这个世界的深意
梦里,我被一只雄鹰叼在雪山上
大雪纷飞,围着我和我的村庄
我捧着雪,风雪夜归
叩开柴门,和一个雪人在心田上
说悄悄话,她动情地给我描述了
雪乡晶莹剔透的美丽
雪城的前世今生。梦醒时分
一朵雪莲摇曳着说:
"如果你和雪埋在一起,你多么幸运
你有幸被天葬了"

从此,雪在我的世界里开疆拓土
纷纷扬扬着人间的星辰、云朵
落花流水,以及每一条河流
雪的图案轮廓
便是江山春秋的几何
便是我人生的几何
我不再徒劳地铭记这个世界的美丽
所有的爱在雪面前都是苍白的
雪的洁白,足以
白描我的一生。我固执地认为

我和一场雪的对称,足以
平衡我的一生

我庆幸,在人间
我和雪共有一个星空苍穹
北风不再凛冽
像一个秋千,把我和雪花
荡在天涯,做客寒江
那个钓雪的人
沽酒开坛,雪和我们
开怀畅饮
沉醉群山

我深爱着雪,她
远画天涯近画心
上采秋菊下播春
真是种田的良种啊

现在我白发如雪
雪花就是我的顶戴花翎
天以雪的缤纷在我身上物语:
"骨也将是一堆白骨"
如果白发白骨是我此生
修来的一场雪
那我的子孙将穿着最高贵的雪衣
以此为孝
为我送行

不下雪的时候

谁是人间的一场雪
哪怕是在心头，飘落
一朵单薄的雪花

天，深爱着我们
雪就是证据，雪花就是证词
我就是雪传唤的证人
雪为我建了一座生祠
雪的故乡就是我的故乡
这便是我和雪生生死死的关系

2021 年的秋天

风,正在修剪我身上的宁静
2021 年的秋天在我的凝望中
即将离开人间

远山的枫叶燃烧着深秋
住在诗里我不觉得冷
但我不知道是岁月蹉跎了我
还是我蹉跎了岁月

2021 年的秋天
雪还没有落在梦里
爱依然是人间的奢侈品
把水中的月亮接回梦里
一直是我的奢望

我想,如果我是一株植物
会不会对生长的地方起疑心
比如:浮萍逢深秋,弱水渡几人
比如:"红豆生南国,春来发几枝"

2021 年的秋天
最让我挂念的除了月亮
还有那些放牧过的文字
能不能归来,像果实一样
挂满枝头,刻画一棵树

丰收圆满的年轮

好几次想起东晋的一个人：
若论陶公好
南山柳菊桃
谁说过"有花看花、有叶看叶"
而我在这个秋天已无心花叶
只看天了

2021 年的秋天
我很担心我的腿太短
走不到来日方长，走不到来生
我总结了一下，从立秋到霜降
人生如戏，我扮演了两个角色
以一个小男孩的口气
给一个老男人讲述雪的美丽
并期待在即将到来的冬天
雪络绎不绝穿行于人间的
大街小巷

我热爱那些遥远的事物

"在那遥远的地方，
有位好姑娘……"
骆宾老哥本身就是一块多情的土地
他知道月亮是天河边一个姣好的女子
要表白的，雪一样银装素裹
我的毡房，我的羊群
我的草原

我热爱那些遥远的事物
雄鹰俯冲着梦，朵朵白云
是谁的笑靥？鸟鸣枝头
解开的心结，来自肺腑
源自丹田，绵延我的目光
极目远眺，探望到的辽阔
足以让义无反顾的风，嘹亮
远方

我热爱那些遥远的事物
人烟和炊烟，袅袅
我已是一个迷途知返的人
河流和我一见如故
蜿蜒着时光，如此绵长
这样的山河，流水命比纸薄
我庆幸我和阳光雨水
在那片深沉的土地上耳鬓厮磨

鸡犬相闻

我热爱那些遥远的事物
我的马驰骋，嘶鸣在心田上
所有的鸟都是群山的徽章
所有的美丽都还给了花朵
所有的心都交给天空辽阔
所有的风雨都不是遗嘱
所有的人都趟过流水
走出时间，触摸光阴

在那遥远的地方
再苍老的人也是一个孩子
比肩的只有虔诚的灵魂
我在那里栖息，土生土长
像一个土著，由于钟爱故土、热爱远方
干净而单纯

我热爱那些遥远的事物
我不再是一朵浮云
我徜徉在我的身体之上
从春风喊着我的乳名
到那些晶莹的雪花将我闪烁
如一颗飞逝的流星
陨落，入土为安
永远沉睡在那遥远的地方……

"什么是水"之遐想

听闻一则寓言:
一只猫蹲在鱼缸旁,问鱼:
"在全是水的地方活着不会很难受吗"
鱼道:"什么是水"

鱼的困惑是否也困惑人间
生而为人,什么是人生
我们出发时春风满面
到了一个个驿站,总是:
"感时花溅泪,恨别鸟惊心"
蓦然回首:夜静,春山空
一唱三叹,怪自己
在人海里"出海太远"
死到临头:秋黄,草木深
真有人问我:什么是人生
苏子有言在先:"生死两茫茫"
我此生须臾,无语凝噎
无言以对

什么是水,什么是生命之水
我想沐浴或者浸透淹没你的
都是生命之水
比如你的青春,苗壮过的土地
比如你的白发,飘零过的夜晚
比如你亲手酿造,亲手斟满

喝下去的一肚子的苦水
一杯、一杯烫手的浊酒
你是你的挖井人
你是你的掘墓人
从这个意义上讲
水不是生命之源

熬冬数九

梦里可以闭门谢客
也忘却身是客
而生命,却要以熬的方式度过
煎熬的人,熬到头
生前身后事霜杀了一样
煞白,煞白
那些不能精雕细琢的时间
就被秋风刻录在天涯
凋零为光阴了

在冰封的日子里
熬过了漫漫长夜,扳着手指
数九,眺望瑞雪
解冻那些尘封的土地
九九归一,耕牛遍地走
春阳落在山坡上
春水潺潺,生动田野村庄
心灵悸动如初
一个熬过人生的冬天
数完九,数出艳阳天的人
盎然,是对春天最大的尊重
是对明天最难得的慈悲

谁以熬冬数九礼佛

谁知礼佛即礼己

你看阿多尼斯说得多好：

"我让自己登基，做风的君王"

秋收

冬月，风不落脚
秋已转身。想着为爱情觅食的蝉声
回望癸卯兔年
我尽量管好自己的山、自己的水
我将珍存于笔底的春天——
《北草地》，集结示人

正如戏骨于和伟所说：
"热爱，真的可抵岁月漫长"
我对此深信不疑
我努力写生《北草地》的风光
给我净身、净心，并以此佐证
我钟爱一生的诗歌
她的高贵

这一年，自不讨闲、也不讨喜
虽然没有到给土地说
希望无疾而终的时候，至少
我可以理直气壮地给秋天说：
"我是一个被土地眷顾过的人，
我不会无果而终"

当然，这一年
也有不尽如人意的地方
比如，一些擦肩而过的爱

酷似我大意失的荆州
比如,没有足够的定力
沉下心来,向一块石头学习
如何纹丝不动
聆听风雨交加中,大地胎动
天籁般的声音

尽管如此,望着远去的秋
俯瞰《北草地》这枚结在心坎上的果实
作为一个荷笔为锄的农夫
为有这样的秋收
殷实自己的灵魂,而
喜上眉梢

将往事留在风里

　　黄土高原如我梦的摇篮,那些灿若星辰的,都在高原的夜空历历在目,而我也将往事一一留在了风中。

——题记

1

那一夜,月亮
上弦,或
下弦
都以偏概全。谁知道明天
从哪一个部首开始
以哪一个偏旁结束

2

舀一瓢春水,如因
掬几片秋叶,如果
昨夜星辰,和我
围着红楼
谈梦
给人间,让个道
给夜晚,腾个地。将云朵
裁成如雨的袈裟
遗忘,燕子呢喃是谁的
飞花令

3

谁是误入天空的
一只小鸟
昆明池里，落单的
破茧成蝶。老泪纵横
是谁的邮政编码
寄往远方，盈满
晨曦的美丽

4

春风，走南闯北
曾是谁的主人
桃花谢幕于一棵树
国与故乡的名字，也取自
一片热土。这些都窑变
如上古的瓷器。屈子
喊我，望穿一条江上的
渔火

5

夜晚，习惯把伤口再擦一遍
夜莺的声音，退化成尖叫
谁，如此颤栗着
扶着我的梦，临水
站起来，让白玉兰看见

一只蜜蜂,为梦
传花授粉
樱桃,把梦
描红

6

还有那双和人间
相亲相爱,虚拟的眼睛
揉不进沙子
也含不下一丝杀气
如一条河流,打开身体
阳光拽着影子
坐在草木间疗伤
谁将,自然而然
柳暗花明

7

哪一声雁鸣,惊得余生
进退两难
我必须,醉着
把河水和月光
喝完,谁才袒露骨头
上岸

8

枯坐,在夜晚

我不是拒绝光
归巢的夕鸟和熟睡的牛羊
多么安详，梵音
不一定出自佛的口
我在等夜雾散开
给你胸前佩戴如月温润的玉
给你写婴儿一般透明的诗
你读着就会像孩子一样
奔跑

9

趁春天尚未离身
秋菊，瘦在谁的窗台
鹰划伤的诗句，尽可以
流年似水
夜色只是一出凄美的哑剧
默默无声，表达着
自然的属性
我只是难以忘记
一树梨花，一夜之间的
灿烂

10

和村庄道别，也只是
植物和植物的分离
我习惯了把心切割成棺材
埋葬自己

我习惯了,船到奈何桥
没有停泊月亮的
码头。高原啊
我如石头蹲守在山上
仰望星空——
下半生,一定化作云朵
笑在蓝天
去陪伴天空的
辽阔

11

心是天涯
也是彼岸,秋叶停泊
替初雪探路
雪花如种子,集结土地
素身而立的我
移居天堂

12

山谷,喝着
最纯净的泉水
风,为四季定调
我,为流水定音
麦浪为爱情定弦
喜鹊用纤弱的翅膀
筑桥银河
高原啊,有爱就有痛

昨夜星辰

依然逝去，我已

将往事留在了风里

辑　三

牛朝 《湖山居隐》 纵 29.5 厘米×横 24.5 厘米 纸本水墨 2017 年

草木如此悲伤

你看，天还未亮
草木便哭成了一个泪人
挂满露珠
潸然泪下

草木如此悲伤——
和她同居的已不止是空气
还有来历不明、下落不明的
外乡人

草木如此悲伤：
好吧，既然你们想和我们比邻天涯
就请你们作为族人，和我们一起
生长在这片深沉的土地上
在晨曦里挂满露珠，以露为泪
晶莹每一双张望的眼睛
热泪盈眶
草木一秋

候鸟

逐水草而居
候鸟们迁徙，往返于山水之间
从春天到春天

候鸟们把眼泪和爱情
交给天空，交给远方
瞭望到了群山经历的所有风雨
她们对自己的孤单，从不
妄自菲薄

候鸟们不管迁徙在哪里
都栖息在草木之间
阳光和雨水，不请自来
饮露水，将鸟鸣结满
一棵树

其实，我们都是候鸟
守候自己的远方
渴望栖息在草木之间
草木一秋

其实，草木向风借来种子
苍翠山河
而候鸟们就是天空
借给我们温暖的种子
飞播心田和远方

月光正在为一条河梳妆

夜里，月光亲吻着梦
我无暇和自己兜圈子
我好像是山涧漫步的一条小溪
不再苛求将肉身蜕变为岸
不再虚拟明天的奔波之地

我如溪水开始蜿蜒
潺潺的水声像是在问：
浩荡春风何时卷土重来
袅袅炊烟何时东山再起

水声也是我自救的声音
和莫名的泪水相向而行
追忆似水年华
我在我的心田上突围
我从不担心，汩汩的泪水
伤及无辜

窗外，月亮不是一团火焰
霜杀过的脸
像是儿时不识的白玉盘
将童年的梦
和盘托出

这样的时刻

我不再害怕梦和流水
各自为政
我的悲欢像草木一样
散落在村庄的田野上

这样的时刻
我宛如山涧轻轻流淌的小溪
鸡犬相闻的
没有厚此薄彼
风从天边来
月光是我的女人
正在为我这条驿动的小河梳妆
斑斓余生

阳光及其他

阳光从不称王
却有许多人在他面前，称臣
夸父是最虔诚的一个

土地也钟爱阳光
她知道阳光对她的爱
丝丝入扣。而我们这些
和土地生死相随的
和故乡相依为命的人
像一棵风雨中飘摇的树
一生昂着头高攀
阳光

没有谁希望阳光碌碌无为
这取决于你我是不是碌碌有为
薪火相传成为阳光的一部分
温暖薄凉的
红尘

阳光是一个阔绰的人

已是初夏
我还在找一个目光如春
目光如炬的人
从心窗瞭望过去
作为春的楹联
谁和我对仗?

被唐诗灌醉
被宋词俘获
苏子们早已走出唐宋王朝
他们的声音可以凌云
东方白了又白

我也想在春天,如桃花
交上好运,等一个面若桃花的人
人海熙熙攘攘
海水的腥味蜿蜒到时光的深处
难道模仿维纳斯
就必须是一个失过手的人?

不管怎样,笔走龙蛇
也是朝圣美的一种方式
这并无高尚可言
终是见不得月光和夜色缠斗
鸡叫三遍

人已古稀

"归去渊明酒""逝者自东流"
在初夏夜晚的宁静里
我又和广寒宫走下来的月光妹妹
说着儿女情长之事
遥望晨曦的美丽,我坚信
阳光是一个阔绰的人
出手大方

日暮苍山远

唐人刘长卿
夜归白屋，伫立柴门
眺望"日暮苍山远"
他的身影，宁静了
多少个风雪之夜

他的风雪，泊在柴门之外
更像是一种岸
千年之后，我如飘摇的一叶扁舟
停泊在他的渡口，蜿蜒
一条河

我不只用眼泪回应
河对岸依稀的山色
沦落天涯，相逢这位故人
我听闻着村庄的犬吠声
沉静在千年的宁静中
那个执着眺望的身影，驰援着
我的心灵

我想告诉他
我就在柴门的门楣上
眺望风雪描摹苍山的遥远

打开落雪的西窗
等他风雪夜归
对饮成三人

瓦蓝色的夜空

夜空,像一块偌大的墓碑
繁星点点如碑文
我和群山默读出
一棵树的年轮

一场缠绵的秋雨
正在沦陷瓦蓝色的夜空
谁目光盈盈,祭奠往事
并极目,心系远方
望眼欲穿

身已横秋的我们
随着雨声盘点人烟,落叶如偈
我们不再结绳记事
像爱露出的破绽
被雨编织,被风缝补
踉踉跄跄,在风雨里描白
那些来之不易、一瞬即逝的幸福

这瓦蓝色的夜空
有多少人从身体里结晶出泪水
浇灌心灵这块
失血过多的土地

在这瓦蓝色的夜空下

寂寥清远的蛙声

竟是长夜打更人

我不得不将一棵树年轮上的梦

白描为湖水的模样

安澜我们的倒影

蛙声

夏夜,雨声最解暑
似有蛙鸣寂静着夜
应了钱锺书先生的诗景:
"蛙喧请雨邀天听"

蛙邀天听,蛙知否
不请自来的我
也是最热心的听众
我的梦正从蛙声十里的山泉旁
汩汩流出
真是蛙声泅梦如画啊

南宋辛弃疾的梦在稻花香里
"听取蛙声一片",他的知音
范成大也在薄暮蛙声中,听得分明
"今年田稻十分秋"
没有比用蛙声占卜稻色
扣人心弦
声情并茂

天籁有声啊
是夜,我已是十分秋的麦浪
殷实着我的心灵
心静如木鱼

被蛙这个打坐的佛陀
敲响佛号,声动十里
超度黑夜

流水

流水胃口很大,一味地淹没时间
从不紧张,且是一个惯犯
作案动机非常简单——
不给光阴留有余地

流水野心很大
无处不在,但流水很可怜
因为无情,终是行色匆匆
没有立锥之地,没有户籍
落不了户,无家可归

说到底,目空一切的流水
终将没有故土收留它
死无葬身之地

石头

在风雨里,坐化
对自己的苦难
缄口不谈

表里如一的石头
总是给流水迎头一击
流水只能无奈地
绕着他走

石头对脚下土地的蹲守
真是铁了心
所以石头对远方而言
是最好的隐喻
难怪有那么多赌石赌玉的人

石头,从不对栖身地
挑肥拣瘦
对阳光和风雨的态度
也十分明朗——
以不变应万变

石头,不起眼
没有人把他如佛塑在寺庙里
烧香磕头
供奉,但他的骨头不是泥塑的

烟雨风雷都是祭拜他的香火
真身坐化在山水之间
像一尊永世的大佛
普度众生

深秋

秋早已深在季节之外
凭栏处,风不轻云不淡
遥想赤壁下大江东去,轻胜马的
历历在目

斜阳里挥之不去的
摇曳斑驳。我是谁的秋意?
是谁曲解了风的好意
误解了雨的美意
月亮如印的日子,渐已淡去
月色里已没有水
浣洗沉在眼底的沙子
沙砾,在影子里业已结痂为痂
触摸它不再心惊肉跳
权当岁月给我记了一笔死账

谁比黄花瘦
明灭处,蹲守着一块石头
石头里也没有水,洗什么芳华
我挥一挥手,落叶纷飞
所有的树,向大地集体抹帽行礼
那一刻,风雨洗礼过的落叶
是根最好的祭品。作为一种涅槃
落叶比树刻画的年轮
更生动

身已横秋,极目
易水边一株莲荷雕饰着我的单薄
这么深的秋,竟藏不住
一个孤单的人

尽管如此,如秋的我
穿梭于人群,沉浮于人海
还要"远上寒山石径斜"
"停车坐爱枫林晚"
还要向夕阳示意
向朝阳示好

和一座巍峨的城相识已久

和一座城相识已久
我在他的巍峨里欢笑哭泣
我用文字触摸春天的温度
我用心田种植人类的茂盛
我用眼泪赓续故乡的河流

在这座巍峨的城里
我坐拥群山群星
不再用身体界定夜晚的范围
他的四方没有城门
他辽阔无限,我无问东西
星斗,向北
春风,指南

在这座巍峨的城里
没有沙场,没有征夫
盛产阳光热血和梦
没有人敢在她的面前
指桑骂槐,含沙射影
我也不敢大声喧哗,更不敢哗众取宠
我甘愿沉醉在他的眉宇之间
宁静为他纵横人心的一条小巷
生动于他尽善尽美
高贵的容颜

和一座巍峨的城相识已久
我对他一见钟情，深爱着他
深爱城里每一条街道，每一个角落
高昂的头颅，铮铮的铁骨
生命与生命的
交相辉映。我深知
他巍峨到没有城墙，没有尽头
再大的梦都可以在他的胸怀里
川流不息

"曾经沧海难为水"
他给了我活着的法身
我每写一个汉字都是在报恩
我愿终其一生作为他的报身

在这座巍峨的城里化缘
最害怕叩不开柴门，最担心
只缘身在此城中
不识伊人真面目，被流水
待价而沽

又见村庄

宁静的夜
放空我的肉体,肥沃
星空这块热土

梦先于春风醒来
背靠青山面朝大海,袒露了
藏身之处

我的眼里
再没有落山的太阳
再没有空悬的月亮

又见村庄
我被故乡的一条河流接纳
蛙鸣沉静着田野
谁弯得像月儿,躬身
收割着我心上的荒芜

又见村庄
聆听清风和一棵树,耳鬓厮磨
缠绵,哗啦啦
像夜最动情的交响
那一刻,星光深情地抱着村庄
酣睡。热泪夺眶而出
山一程,水一程

伊人，山重水复
泊在月色之中

又见村庄
炊烟化解了身体里的颤栗
热泪清洗了心坎上的悲凉
布谷鸟如佛的法身
鸣唱故乡的经文。灵魂的天
满天星斗

大雪封山

活着，难免授人以柄
所以我常渴望
大雪封山

这样群山庄严肃穆
时光，安静下来
驻守灵魂，驻扎心田
卡佛肯定并不会再想：
"我的生活不合我的身"

大雪封山
山里的人，封存在梦里
山外的人，尘封在风里
雪山上盛开的雪莲
怒放了所有的远方

大雪封山
路，就在脚下
远山富有诗意，童话般
极其浪漫
极其空灵

痴人说梦

天不会老,梦亦不会老
远方,很遥远
梦在身边
幸福就在身边

梦不是一座城池
梦没有城墙
所以春天无远弗届
梦是春天的代言人
只有梦,和春天
血脉相连

梦里身是客
水中央的那个人才是春天的千金
月光是月亮下的聘礼
泉水叮咚,如媒妁之言
为我们上门
提亲。一场瑞雪
为我和月下伊人备下
喜酒

其实,梦外心也是客
远方可以倚老卖老
为我和伊人证婚

他的证婚词概括起来就一句话：
"居家过日子，守着春天的明媚，
和守着心灵的明净是一回事"

贼

残阳养不了残梦

天下无贼是一句违心的话
妄念，如心中的贼
偷情，收不了手
连佛也捉不住我心中的贼

盗火之人已经远去
我没有他的勇敢和底气
做贼心虚呀
我就贼喊捉贼

春天从不拿自己的名字自诩
而我可以拿自己的年龄自嘲
波澜是水的妄念，烟雨泼墨如诗
逼着心中的贼
缴械

墓地

白露为霜
霜是白露的墓地
风霜为路，路的尽头
是我的墓地

我零落成泥
流水叫不起我的名字
草木比我高出半个身子，替我
眺望生死难料的
来生

秋雨中的我

秋雨,是不是
落叶和根的说客
掷地有声,使她们握手言和
相爱如初

雨也把远山的沉默
引申得淋漓尽致
如酒,灌我醉死梦生
梦,既能解酒、又能解渴

这样的雨缠绵着我的路
我希望雨把夜色淋透了
刨了他的祖坟
挫骨扬灰

雨嘶哑着我的喉咙
湿润着我的眼睛,相思
是秋夜最重的行囊
雨舔着我的伤口
烫醒青春的影子
重温旧梦

夜,是人间的熟客
而每一场雨都很陌生
月光怕生,羞报地躲起来

我不认生,听雨叮咛
雨声似佛号在加持
渡我心灵回家,和我一起
守着一个夜晚的安宁
守着一双眺望灯火的眼睛

蝴蝶与蜜蜂

一花一世界
蝴蝶和蜜蜂都喜欢翻飞在花丛中
流连花前,寻觅
花朵上盛开的春天

蝴蝶姹紫嫣红
像是要用缤纷斑斓的色彩
把花朵的美丽比下去
凤仪天下
而蜜蜂只是鸣唱着
简单的劳动号子,深耕花蕊
汲取花朵的琼浆玉液
幸福家园

花枝招展的蝴蝶
极尽自己的舞姿,幻想着
自己羞花闭月的未来
而一只忙碌的蜜蜂
憧憬着家园的明天
辛勤耕耘繁花似锦的春天,殷实
亲人们甜蜜的生活

故乡的那条河

立春还远，田野的风
又挽着故乡那条河上安然的波澜
哄我入睡

我跪在黄土高原
这个偌大的香案前，怀揣故土
又把几缕炊烟认作亲人点燃的
三炷香火，想起
故乡的那条河

在那条名不见经传的河里
我可以找到我的姓氏
找到我的爹娘、我的月亮
我是那条河最为生动的注脚
在她的怀里，我可以渺小到
没有我的名字

我是一个以河为梦的人
那些跌宕起伏的山峁
就是我的梦乡。两岸的灯火
铭记那条河蜿蜒的模样
我御煦煦河风，沿着那条河奔流
巍峨远山

我常把那条河上

春鸭孵出的暖，作为礼物
送给快要被风雨洗劫一空的
远方。那些沐浴着河水的阳光
我懂得如何净身以后，安放原处
虔诚地对着那条河叩首
祭祖

那条河上的波澜
已是我额头上深嵌的皱纹
谁都可以认出
我是一个有故乡的人

我梦里常潜回那条河
深深呼吸，就像她的一朵浪花
我豪迈无比，开怀畅饮
甘甜的河水。掠过河面的水鸟
在欢唱，如我在沧海中嘹亮的
笑声

现在，那条河是否久旱未雨
如果她的身子消瘦了，快干涸了
亲爱的故乡
你不要担心，还有我的泪水
给养她蜿蜒的身影，陪她日夜
水声潺潺
汩汩流淌

空心人

我不能以一株草的枯荣
简单地对自己的一生
自圆其说

谁是一个局外人，方外人
月亮兴许是
但你对月亮的爱
有血有肉
更像一个剧中人

稻草人，空心
却也尽人事。佛
四大皆空，因为他不是人
是人空不了心
你不要害怕满腹心事
化为一腔烟雨，随风淡淡而去
七仙女和白娘子
还偷着下凡，爱上
人间的男人

还有，你可能抽过二手烟
却不敢模仿偶像过二手生活
那你连稻草人都不如
终将是一个名副其实的
空心人

秋意渐浓

"梧桐落一叶,天下尽知秋"
秋是我的一位风雨故人

秋蝉未鸣
秋风就钻进我的身体里
缠着残梦,和他小酌
就着一抹斜阳
下酒,酩酊着
已过天命的我

我确如古道西风中
想要识途,瘦下去的、累了的
一匹老马。拴马桩是一朵摇曳的秋菊
我为我不再是一个
看图说话、按图索骥的孩子
而悲伤

作为一个追赶落日的人
对黑夜别无选择
我被秋夜染黑
当然最思念一场纷纷扬扬的雪
秋天的深处杳无人烟
那些揪心的痛,再痛一回
结晶的几行清泪
能偿还一场雪的洁白

如是，不得不对秋水这些易逝的事物
多几分眷恋
秋水中的月亮一身霜白
没有比她更温柔的人愿意坐下来
谈及往事和幸福。想着
"月落乌啼霜满天"的协人之处
我愿意作为一首古诗的遗骸
让一汪秋水认领
或者，作为昨夜星辰
让伊人捕捞

秋意渐浓，三秋凉啊
河塘夜色中一株残荷，空着心
不再像一个迷人的女王
我多想弯成一株麦穗的模样
在田野里默默颔首
躬身，以饱满的姿势
喊出效忠于土地的
誓词

草药

谁是不怕死的还乡者
春风吹又生的草，算不算
我看不但要算
而且作为常人
就要有一株草的骄傲

二月春风就为草
鸣锣开道
草昂首，拔了春天的头彩
天空的鸟儿放声为草们
喝彩。我在田野侧身
"为人、为生、为人生"，向一株草
看齐

草地原来就是春天的腹地
我想生活在一座草城里
满身青草泥土的芬芳
草木一秋的我，无以为报
采撷一些鲜活的汉字
作为火焰，将热泪煎熬成
一副草药
治愈人们身体里料峭的
春寒

村庄，我不愿是河流唯一的听众

我在落日里等你
我不想成为河流唯一的听众

村庄啊，你要对风刮目相看
他总是跋山涉水，沿着河岸
纵身远方向我们挥手致意
村庄啊，你要对雨高看一眼
她总是从云头放下身段，委身土地
一点一滴丰满干涸的河流

我的亲人，我的良人
他们的风风雨雨
都飘渺碳化在你温暖的怀里
他们在结满鸟鸣的树下
结绳记事
他们踏着牛犁在田野上
刀耕火种
他们点亮油灯在鸡犬相闻中
谈桑论麻
他们把日头和梦缠绕在你的腰间
等着秋收，作为仨瓜俩枣
在你的田间地头
瓜熟蒂落

现在，我站在蜿蜒着你的河边

河岸看上去松动已久
河堤上的断层历历在目
那些断面上
铭刻着多少生活的纵深

现在,我躺在你的河边
聆听着清澈的河水为你清唱
给你献唱。歌声这么悠扬悠远
我不愿成为唯一的听众
我知道,我流下的泪水
是白雪银装素裹你的时候
你素面朝天,再次写下的最难忘的歌词
这样的泪水,潺潺
丰沛着你的河流
赓续着你的血脉

秋草

"离离原上草",在秋天
枯黄的身体委身土地

草木一秋
这对于秋已横身的我而言
就是说可以提前看到
离开人间的模样
被岁月赶着将自己的荒凉
埋入土地

确有秋风前来相送
只可惜风不提往事
也无问东西
不知是否有人多了一份悲凉

我知道流水都从时间里来
面对眼前这些秋草
我不再对生活起反水的念头
只想回到光阴的影子里
匍匐在莺飞草长中
仔仔细细,再次端详
来了又走的人间

草蛇灰线，伏脉千里

春日，绿油油的草地上
温顺的一条草蛇
匍匐，蜿蜒在阳光下
她的脉络清晰可见
连着远山，向着远方
她的身体正和阳光
互通有无

一条草蛇的灰线
是否如我的诗行，为草木一秋的人
打下伏笔，以草色
描摹她们人生的原色
这种表达既闪烁在咫尺之内
又绵延在千里之外

一条伏脉千里的草蛇
她的灰线是最自然动人的诗行
足以隐喻栖息在草木间
那个志在千里的人

蚕及养蚕人

我喜欢，一只白胖胖的蚕
将自己柔弱的身体与世隔绝
闭关，作茧自缚
不去想夸父追过的日
西西弗滚过的石头
以自己的雨为经，以自己的风为纬
心无旁骛纺织明天
纺得一寸丝里的
一寸光阴一寸金。不见天日
用自己的三春晖将自己的寸草心
掩埋、回填，和自己的茧
互为春天

我是不是一只桑蚕
我是不是那个养蚕人
试图在那块沧桑的桑梓地上
剥茧抽丝，破茧成蝶
哪怕蝶变成一只飞蛾
扑火，赴汤蹈火
一骑绝尘

擘画金秋

村庄,麦穗向土地
俯首称臣
群山,被枫叶点燃
戎装焕发
她们妩媚着伊人的目光
为金秋戍边

一声雁鸣,禀报秋高
一滴秋雨,低吟薄凉
雪线之上之下的湖
清澈如一颗颗干净的眼泪
安澜人间

一棵树,在年轮之上
正以落叶的名义
讲经说法。金风送爽
为这样生动而朴素的表达
喝彩

我,聆听着这样的天籁
仰望星空,像陨落的一颗流星
热望着自己的故乡

我就是这样和植物,和村庄
和群山,和湖水,和星空

和没有悄然落下,留白的雪
和一切安然在童年和梦中的事物
盎然,歌唱十月
擘画金秋

立秋以后

立秋以后
一路向北的人
望一路向南的雁
人雁终是春天的因果

秋风的体温不知多少摄氏度
他的话薄凉
凋敝银杏树们的叶子
落寞着一身秋凉的我
头上的白发不是雪的赝品
风雨文过的身
不止有皱纹那么深

我没有杜十三的浪漫
霜杀过的枫叶确实比二月花要红
猩红、猩红

立秋以后
夜长梦多,常想和秋月借一步说话
月光却绵里藏针,刺痛肺腑:
月亮这些如玉的东西
一定要轻拿轻放

寄北的人是不是秋风客
在雨夜里找一身稻香的人

问"归期未有期"
哪堪秋雨画夜凉啊

立秋以后
还要立冬,春天还会远吗?
春天在谁的灵魂里
深居简出?
终是害怕人未走茶比秋还凉
索性用萤火点燃西窗的烛光
再一次,令心血来潮
和星空下的万家灯火
抱团取暖

秋辞

入秋了
叶子们面着土色,正在碳化
光阴,等着萧萧的秋风搜身
零落

秋夜,像个大弄堂
多少烟云穿堂而过
那些薄如蝉翼的
不敢轻易返回枝头鸣唱爱情
重拾往事
重温时光

秋天这个偌大的棋盘
苍凉的楚河汉界,谁的辽阔
安营扎寨
落叶纷纷,如棋子
步步惊心,终是
落子无悔

所幸,秋凉囊括的不光是我
还有风风雨雨
所幸,麦穗在秋意里
沉甸甸。我没有落单
我有足够的理由
打量远方,把浩瀚的星空
仰望成人生的东方

鸟树

一个没有树的世界
鸟何以为家？我一直认为
鸟是树的一部分
落了鸟，并有鸟鸣嘹亮过的树
更像树

一只雀跃的鸟，振翅
一棵树就抖擞着，生动远山
鸟儿也就眺望着
自己的远方

风歇在树上的时候
鸟鸣和阳光，被叶子
筛出来，谁斑驳着
像婆娑的影子

没有鸟鸣的树是寂寞的
其实，树上的鸟鸣
除了婉转
更多的是呼唤

天涯里的哪一棵树，筑着
我这只候鸟温暖的巢
我和哪一只鸟

像果实一样，结在树上
瞭望远方、盼望亲人
张望春天

辑　四

牛朝 《湖山居隐》 纵 29.5 厘米×横 24.5 厘米 纸本水墨 2017 年

云朵是野生的

云朵是野生的
我就是和她两小无猜
在她下面撒欢,放牧竹马
追逐家园的孩子

我一天天长大
亲生了烛光灯火
彩云般追月

云朵是野生的
但她绝不是野种
天把她生出来,放养在天边
人间就有梦在云海里,冲浪
心中幸存的爱,如浪花上下翻飞

烟云也罢,浮云也罢
我喜欢在那些野生的云朵里
漂泊一生

引刀向天歌

——又致刀郎

"我是那年轮上

流浪的眼泪……"

我替卧轨的海子惋惜

他在绝望、绝尘时，没有听到

你《德令哈一夜》扼腕的声音：

"你再等一等，你再忍一忍……"

我有幸，听你作为《时光的信徒》

自由地歌唱：

歌唱《爱是你我》

歌唱《情人》《珠儿》《花妖》

歌唱《在那遥远的地方》

歌唱《如是我闻》，佛音般

沁人心脾，扣人心弦

那高亢、沧桑的歌声

像一只雄鹰俯冲红尘

席卷人间的悲欢

倾倒多少人沿着这样的弧线

弥合月亮的盈亏

"我在时间的树下等了你很久"

你的四季，缤纷在深情的歌声里

乡音般，唤醒故乡的亲人

我在心田这块热土上
沸腾着一腔热血
和你干净的歌声八拜结交
歃血为盟，我用你的歌声
抽刀断水
土崩流水，瓦解夜色
开挂人生

"九州山歌何寥哉，
一呼九野声慷慨……"
刀郎呀，请你引刀向天歌
把我作为你的琴瑟，你的歌词
放生、放牧在你的歌声中
逼退我身体里的潮水
湛蓝我的天空，晴朗我的人生

"阳光照不亮夜里的鬼，
六畜难懂人间味"
刀郎呀，请你引刀向天歌
把上帝赶下神坛
将人类的悲欢，一路婉转
如动人、动听的
一地山歌

刀郎呀，我将不我
我是你《画壁》里风雨兼程的兄弟
我是你《镜听》里星夜兼程的情人
我愿意用你天籁般的歌声，占卜
蓝天红日下

"山水相逢的命运"
"在平凡世界发现我自己"

刀郎呀,如果有一天
你面对夕阳,再不能放声歌唱
我依然会遥望
你引刀向天歌的身影
依然会依偎着你不屈的灵魂
默默哼唱你深情的歌
赡养远方
颐养天年

心心相印

独居的汉字
我想让她们过上喜结连理的生活
以抚慰我经常出窍的灵魂
以安慰那些鳏寡孤独的人
以告慰那些逝去的亡灵
以此生而为人，渴望
从昼到夜，从生到死
心心相印

让孤单的汉字
风生水起，笔直地活着
我必须高看我一眼
我必须将风尘抬高一寸
修身如一个将遇的良才
牵着她们的手
点好鸳鸯谱，喜结
一段良缘

我相信轮回
上辈子欠的债，归纳起来就是：
月光不能丝丝入扣
悲欢不能严丝合缝
所以，这辈子
养一颗寸草心
炙手可热的汉字就是我手握的寸铁

将她们缤纷，爱伊人、续前缘
写意三春晖
素描一个稻色如新
心心相印的
朗朗乾坤

盲人摸象

我是一扇给你留着灯火的
窗,夜晚一直想关闭这扇
吱吱呀呀的窗

"窗含西岭千秋雪"
越冬的你可以倚窗眺望
原野上,良田万亩
天际间,彩云万顷
你是否已忘却
阳有残阳、雪有残雪
人有残生

在似箭的光阴里
我这扇窗就这样静静地为你敞开
依偎着炊烟,依稀着山色
漫不经心,张望
那些秋天的落叶勾勒树的经纬
和远山上想要参天的树
重提一段往事
重温一段难忘的岁月

其实,对远方来说对你而言
梦,小心翼翼把手伸出窗外
摸着石头过河,如盲人摸象
就是我期待而未知的余生

写意

在心灵上，跳舞
我曾想有一颗穷情风物的心
这是何等的荒唐
比起每天都在写意的风云山水
比起每刻都在抒情的大自然
天之大千，地之乾坤
我真是鼠目寸光！

宋人邵雍说：
"以物观情，性也
以我观物，情也"
无论如何我们都在性情之中
我们要写意的，往往
自以为是

其实，我们投胎人间
只是和大自然的一场幸会
流水比日子长，生命比流星短
充其量我们只是以色貌色
能有几人将大自然心灵上的美
妙手丹青，栩栩如生
还以颜色

其实，以梦会神，以神会形
神交、神游春天和远方，梦便是
我们最为空灵的写意了

禁忌

人间像个偌大的囚房
要禁忌的很多
比如不敢轻易回到童年
比如不敢眺望自己头顶的雪
比如话到嘴边举言又止,甚至
如鲠在喉

好在目光不在违禁之列
不是违禁物品
不被流水盘查,可以极目
隐喻春天,虚拟人烟
保持对远方的憧憬

好在星光不在违禁之内
作为身外之物
不被风雨盘问
不在风雨里流通,不会被风雨
待价而沽

好在栉风沐雨的我
可以毫无顾忌在心灵上
码字如诗,把诗作为红尘的一个豁口
驰骋在心田上,探望灵魂
一骑绝尘

空城计

梦的尽头
落雪，像一个人的独白：
"我是我的生祠"

风，从不对远方行注目礼
我在风中，谁在云朵之上
遇见光阴？
流水里难以抽身
你是我的昨天
只有炊烟守护着村庄的真面目

我将蜕变为荒草的一部分
我的心终将不属于我
更不要说悲欢
黄粱支撑的心房
宛如一座空城

空城计，竟是光阴这位大神的
神谕

诗可以为灵魂画饼充饥

歌者赵雷写过一首歌叫《画》
直唱得刘欢拍案叫绝
歌词中画了月亮，画了姑娘
画了房子、窗子、山坡、鸟儿
画了星空的宁静与祥和……
直画得许多人走出黑夜
拥抱远方

当然这些如画的歌、如画的诗
不能抵押贷款
用于还清债务
如果作为资本运作
诗没有任何价值

但诗可以将心灵矗立成界碑
将背影屹立成墓碑
刻画出人神相似的部分
人神共愤的部分
刻画出刻骨铭心的部分
与河流故人般相逢
与土地亲人般相认。甚至
当你心中的月亮作为人质
质押在天空
诗都可以把她解救出来
心甘情愿像一个怀春的女人

联姻土地，繁殖春天

作为一个在诗面前
乞讨活路的人，我坚信
诗可以画一个真正的大饼
款待那些虚空的
灵魂

奔月和种地

后羿在人间找不到嫦娥
嫦娥奔月
不是为了变成捣药的蟾蜍

月宫，高处不胜寒
月光替嫦娥洒了
一地相思

嫦娥的心是一块良田
有谁在上面荷锄
将这一地的相思，耕耘
"春来发几枝"

"明月逐人来"
我就是一个在心田上荷锄
种地的农夫
星光为我收拾耦耕之身
我愿洒一腔热血
浇灌这一地的相思，终身耕犁
秋收春天般的温暖
诠释陈子昂的眼泪

这样我将缠绵故土豪迈一生
谁敢在浩瀚的星空
"笑我一生蹋牛犁"

诗的礼赞

谁是春天的四梁八柱
没有比你更挺拔、更能顶天
给春天撑腰的人选

不知有多少人
借楚辞、汉赋、唐诗、宋词
度过漫漫长夜
回望人间桀骜不驯的灵魂

一张雪白的纸啊，像壮阔的海洋
屈子们，码字如梦、落字如英
如巨浪滔天，也如大浪淘沙
抱团的汉字，澎湃着
上，濯星揽月、通天传神
下，吊民伐罪、除暴安良

你为那些孤傲的灵魂高歌，拯救孤独
把草民放养在广袤的草原上
把灵魂放牧在辽阔的心田上
给人间戍边

抢救生命，挽救生命的你啊
蜿蜒壮丽着故乡的河流
让那些故土难离的人
与河水一起浩浩汤汤

委身群山，奔向远方

热血和真诚，让你耀眼
真情和自由，让你灿烂
多少人为你
肝胆相照，寸断肝肠
纵使时光飞逝，日月如梭
你依然如夜莺对万籁俱寂的星空
不堪回首的往事说：
"爱，尚未离去"

徜徉在人海
你就是我的定海神针
让身如浮萍的我，在红尘
安营扎寨
淡看天涯的空茫
棒喝人间的薄凉

我在纸上刻画你的音容笑貌
晾晒岁月的沧桑
也深耕纵横的情怀
对我而言写生描摹你至少有两种意义：
一是把自己描白为敌人
打倒并消灭
二是把远方描红为灯火
照耀着前行的人们

高贵的你啊
我愿作为你的乞丐

乞讨一生
你是我生命的索引
更是我梦的归宿
你就是抽刀断水的刀
你就是春天的海拔
你如春意盎然的地方
便是灵魂的故乡

我是一个被诗吻过的人

我有幸,作为一个孩子
被你吻过。我喜极而泣
往事被眼泪酿成一坛老酒
沉醉远山

被你吻过,生命和生命
合欢

原来天使的翅膀
没有生长在天使美丽的身体上
而是插在被你亲吻过的
心坎上

今夜,我又像一个孩子
纵身在一张洁白的纸上
毫无顾忌给你撒欢,甚至撒野
等你摇曳在双唇之间
令人燃烧、令人醉心的
深深亲吻

死不瞑目

绝望,对一块石头来说
没有戏剧性

一根白发,一片落叶
孰轻孰重
尽量把烟雨删繁就简
尽量把灯火薪火相传
我希望过上一眼望到头的日子
我渴望睡在一眼望不到头的梦里
所以,我注定是一个
死不瞑目的人

以这样的方式
撒手人寰
我想我是幸运的、幸福的
因为在我眼里
这个薄凉的世界
还有放不下的好东西
比如炊烟、比如明月
比如雨水和那些浓了又淡的爱
让我睁着眼
抱进棺木

人生的节奏与路线

不用沾酒
天知道，对影成几人

我自信没有活在影子里
不是一块寸草不生的
不毛之地。而生活确是
一地鸡毛

以梦为马的我
生活的切口很小
面对流水，难免方寸大乱
常和落叶面面相觑，她一步三摇
向死而生归根的格局
静美、凄美中，竟觉
步步惊心
陡然的人生哪有什么
明快的节奏
明晰的路线

渴望有雪
纷纷扬扬的节奏，从从容容
簌簌而下，将一生的纯粹
在人间，直白地
公演

和影子,劳燕分飞
是不是人生最终的路线
这样的结局,我依然奢望
像候鸟,随春天而栖息
如牛羊,逐水草而寓居

虚设这样的人生节奏和路线
也仅仅是劫后重生
从惯看春花秋月
到淡看人生沧桑
沿着物候中生灵的足迹
自然而然

兴许,这样的人生屋宽、路宽
心也宽

你的心现在几点几度

你的心现在几点
零上零下几度
想这个问题的人，兴许正在等
枯木逢春

其实，耿耿于怀
你的心几点、几度
你难免未老先衰
难免心细如发，难免
你的命比纸还要薄

历代都有"寒尽不知年"的人
令时间弯曲，令时光屈膝
星星们在他们的眼里
一身玲珑。夜晚
在他们手里也会为人间殉情
生灵般将自己
涂炭

其实，不管你的心几点、几度
性命都比鸿毛还要轻
这样想你的心会轻盈如蝶
岂能被月光是不是传闻
阳光是不是传奇
左右

其实,天空自是一晌好地

翻手为云覆手为雨,你

不求蟒首蛾眉

不言红肥绿瘦

你的心几点几度

日月如梭,冷暖自知

你和你互为犄角

你是你的轮回

眼睛

鬼斧神工
谁在我们的脸上，生来
凿了两个不知深浅的洞
所有人都害怕
洞里有眼无珠，有眼不识泰山
所有人都渴望
洞若观火，像马王爷的第三只眼
炯炯有神
洞察一切

站在烟雨之中
——致金圣叹

"黄泉无客舍,今夜宿谁家"
站在烟雨之中
我为金先生的淡定
自惭形秽

先生矗立在易水边
往事如萧萧的风
我不得不玩味热血的含义
不得不虚拟燃烧的明天
唯恐先生耻笑我的无动于衷
我敏感于心,远方不再是一个谜
风,掐指一算
我,屈指一痛

"莲子心中苦,梨儿腹内酸"
我用莫名的泪水
回馈先生的谶言:
风在风里,雨在雨里
心在心中

先生是真人真性情
从评书到哭庙
用文字打败时间
用头颅征服黑夜

站在烟雨之中
"流水今日，明月前身"
先生就是我仰望的星空
就是我心中的明月
照耀我的灵魂

天机

天本来就空旷在我的心上

落叶,将一树繁华
坦然安葬在泥土之中
落叶将被碳化
包括我斑斓的梦

有了落叶般的安息
在泥土的身体里,从生到死
我和我的影子才是一个完整的人
不用再担心,和风一起
虚度此生

这样,时间和时光
长得一模一样,如孪生的兄弟
有了"万水千山只等闲"的达观
善于安放自己,遗忘眼泪
梦生还在梦中,再一次
成为我歇脚的暖巢
停泊星光的码头

山本无言,水本无语
我将以无的形象
通透在山水之间,来世

入土为安的落叶

会不会以春草的模样，破土

道破轮回的天机

影子如画

——写在壬寅虎年末

一身霜白
如影子里的芳华

如影随形的我
影子如画，足够幸运：
能在影子里纳凉
能在影子里取暖

影子没有后台，步后尘
不需要浓妆淡抹，匍匐于地
瘦下去的部分，如画中
留白。也就是一个人鲜活、复活
也就是一个人心有余悸
颤抖的部分

比如，屈子问天投江的影子
以问作答，足见
影子不是身外、心外之物，甚至
倒影、背影都顾影自怜：
"但为君故，沉吟至今"

光是影子的故乡
影子从不选择自己的栖息地
从不选择自己的路

但路会因影子的婆娑
而蜿蜒,而将肉身过堂
于立锥之地,审视
阴影

影子如画
谁化为泡影之前
在泪水养活的影子里
影影绰绰,凄美人生
心绪千头,往事万端
不敢说影子替魏武挥鞭
击水三千
但绰影归心、衾影无惭,足以摇曳
晨曦的美丽

一朝误入红尘中
岁月如梭、影子如画
便终生不得和影子
一别两阔

不值一提

没有被后羿射杀的
第十个太阳,藏身大海
幸免于难

作为人类的救星
日出东海,日落西山
他要这样轮回
至少六十亿年。现在他还年轻
风华正茂
这样看来,我们的生命确实
无足挂齿

人生苦短,想到这一点
我对影子里患得患失的我说:
"你要习惯于在人前人后
看轻自己,一无所知。人类的悲喜
对于辽阔的星空来说
不足为患,更
不值一提"

雪缤纷着我的人生

冬夜倚窗,依稀眺望见朵朵雪花飘来,那一刻像流星燃烧夜空的瞬间,我悲欣交集,原来漫漫长夜可以如此缤纷而难忘地度过。

——题记

一朵雪花的洁白
是不是我们的胎记?至少
雪,缤纷着我短暂的人生

纷纷扬扬的雪,为红尘
脱胎换骨
不给春天留任何死角
我不再害怕单薄的身体,在风尘中
生来彷徨

我重新开始咿呀学语
不再妄言前世今生,轻言来生
我学着用最直白的语言
向一株草转述雪一生的晶莹
和小草休戚与共,领悟:
"在春风吹又生之前,是飞雪
打动了春天,催生了春风"

雪,没有番号
她的故乡比天空还高远

她悄然飘落在我的眉宇之间
白描红颜，素描苍生
刻画过的地方
干干净净

长夜飘雪，如一封来自天空的情书
雪花簌簌而落，弥合
寸断的肝肠，绵延
发自肺腑的心声
银装素裹了大地上所有的童年
雪花，如泣如诉
祭奠为情所困的人间，为逝去的爱
安魂

雪，缤纷着我的人生
雪花在我的梦乡没有四季
她轻盈的舞步
宁静着所有的路
每一次，亲吻拥抱我
我都会像二月草芽，春意盎然
探望远方

我常沉静在雪打灯的地方
看她跳完最后一支曼妙的舞
对芸芸众生，会心一笑
坐化在土地里，生还在一江春水里
我悲欣交集，顿悟
雪花缤纷我人生的意义

你是不是终生

飘落在我心底的雪花

盛开在我的心坎上

我苦等着你，捧着你，呵护着你

在这白色火焰燃烧的夜空里

遐想余生的浪漫静美

畅想山河如诗如画的

苍茫壮丽

你的房间

——致在诗歌里远行的人们

我想和你若比邻

却不敢轻易进入你的房间

今夜,趁你回故乡

收养村庄水井里的月亮

我溜进了你的房间

想开一开天眼

房间四四方方,没有隔墙

一览无余。陈设简单明快

几把空心的竹椅摆在房子正中间

像是准备精心款待那些心不空的人

比如"恨别鸟惊心"的杜少陵

比如零丁洋里"留取丹心"的文天祥,甚至

从不口是心非割掉耳朵的梵高

一张被梦支起的大床

头朝东,脚朝西

像说你不是一位面南背北的王

一张书桌靠着窗子

像是你家最大的阳台

阳光便是那些干净的书,书香弥漫

阳光灿烂

没有厨房,角落里

存放着一坛逝去的光阴

发酵几抹斜阳几度风雨几度春秋

等你点燃烛光灯火
煎熬

房间里朴素、整洁、典雅
到处都有一个女人的影子
我违心偷看了你的日记
扉页赫然写着这样的文字：
"我风尘仆仆，就偎依在她的怀里
她收获星光给我除尘
她珍藏雪水为我擦拭身子
还邀来月光哄我入睡
看着我落入梦乡，她缓步
独自回到比星空还要辽阔的纸上
等我醒来，蘸着露水、泪水
描摹她卓卓丰姿
刻画她晨曦中高贵的灵魂"

你的房间，一尘不染
窗明几净。我环顾四周
再次仔细端详：
一张被梦支起的大床
一张铺满阳光的书桌
几把空心的竹椅子
南北通透，没有
山重水复

作为不速之客，我不虚此行
沿着一条河的方向
退回天涯。正想着房间女主人的芳名

你就挥手,让布谷鸟这个乡音的首领
飞越田野,捎来口信:
不要在你的女人面前
提及流水,否则你的女人会
不辞而别。还再三叮咛我:
虚掩着门,记着这个叫诗歌的女人
返回人间,敞开心扉
真心去爱这样的女人
为我生死难料的人生持家
为我在漆黑的夜里料理世事,甚至
后事

照镜子

衣冠楚楚不是我照镜子的目的
魂不附体，确要照出心中的
妖孽

我先是从正面
找她反馈给我的白发和皱纹
看一下岁月的沧桑
幸好她映不出我的贫穷和粗鄙
看不清那些缠身的债务
不幸的是，也瞅不出什么击中了
下怀

我不得不转身
给镜子一个侧面
重新打量自己的单薄
并下意识地触摸了一下
冰凉的镜面，竟有世态炎凉
惊出了一把冷汗
手上的颤抖，镜面怎么也平息不了
心惊肉跳

直到我把跟着手颤抖的镜子
镜面朝下，扣在黑暗之中
再也不想用镜子
照自己的正面、侧面，甚至

背面的影子

镜子,好像照出了我不同的境遇
却照不到我的多面性
她对我是否能春风满面,满腹狐疑
我只能对她释然一笑:
"我已行将就木,就像你
破镜难圆"

一次性

从一次性筷子
到一次性口罩
从一次性尿布
到肉身生命的一次性

其实,在这个只能爱一回的
人间,我们的每一天
不管是昨天、今天、明天
都是一次性的

其实,月亮四十四亿年的寿命
面对地球、太阳
她也是短暂的

其实,我们的生命都是单程
一次性做客人间
我们不想夭折,但
我们时刻要有:如流星
刹那间,燃烧、陨落的
勇气和决心

生死两相安

常渴望写一首诗
把流水里的我
送到彼岸，却发现我
已被流水淹没
作古

现在，业已没有青春的腰
青春的腰多么迷人
气死杨柳，爱死人
你看无形之中两条命
死于非命
真是生死难料啊

夜晚的宽袍大袖深不可测
我不想再看他，兜售
那些头顶上的风雨了
这么深的秋，蝉声已远
落叶是一位好菩萨，正以自己的枯萎
救赎一切
宽恕一切

雨不打无情之人
我们极目远山
也将目送落叶
就让我的诗收留夜晚的不安吧

把逝去的青春当作人生的伏笔
把闪闪萤火当作伏兵
奇袭夜晚

这样,用晨曦的美丽
烫一壶老酒
饮烟雨墨色
看光阴踱步,在红尘
生死两相安

如果你把我看成一间房子

如果你把我看成一间房子
你沿着木头和石头
就会找到我坐落的地址

月亮就是挂在我屋顶的
一枚果实
那么近，又那么远
我对她总是有无限的喜、无限的悲
我不敢采摘她
她是那么爱我
竟忘了自己身体的胖瘦
阴晴圆缺

为了等你，我是开了窗的
西窗和梦就是向着你的那一扇
窗外的花园，有草和我共甘苦
她总是莫名地等
默默地、静静地
等春天的到来

如果你把我看成一间房子
请你不要忘记
从屋檐滴下的每一颗雨露
每一抹淡淡的瓦霜
还有那些飘落在屋顶

无枝怒放的每一朵雪花
她们都是我的烟云过往
像我的命

天黑下来的时候
屋子里会有灯火，和晚风
琴瑟共鸣
即兴演唱
唱一些无字的挽歌
你是否愿意沉静在这样的声音中
不谙世事
了无牵挂

如果你把我看成一间温暖的房子
请不要在意
我坐落在天之涯、地之角
我只是一间心灵的驿站
你可以和春风歇一歇脚
你可以和春雷一起呐喊
你可以在鸡犬相闻的院落里
喊落一地碎了的
月光

这间房子
你住多久都可以，我只是：
"雷声忽送千峰雨"
"因闲问话到柴门"
这样一间普普通通
星光都可以落脚的房子

生活的成本

清晨,太阳赤条条
喊山。群山以满身的苍翠
静静倾听

已是"大暑三秋近"
我不能将昨夜的眼泪
作为粮食,秋收
颗粒归仓

而眼泪浇灌出来的
充满泥草味的
诗,能不能喊山
都是我生活最昂贵的成本
我真担心那些雨露均沾的文字
都是通货膨胀的一种
有时真想当着心灵和春天的面
全部撕毁

麦子不是流水喂养大的
流水对流水而言
没有成本
我一直想在她淹没我之前
押上身家性命
再写一首无用之诗,和她

拼个你死我活，以此
大大降低我的，或者你的
生活成本

量子春秋

甲辰龙年是我的第五十七个春秋
我已是一种秋色,秋意正浓
而地球已存活了四十五亿个春秋
还正值壮年

还谈什么沧桑春秋
我们的渺小水落石出
我们根本没有猜想的时间
能看见流星飞逝已实属万幸

所幸有人发现了量子
我们作为两粒尘埃
可以在间隔光年以上的距离
在阴阳相隔,生死两茫茫的世界
相互缠绕,重新萦绕梦里的一切
缠绵人间的温存,甚至
缠斗从不回头,流水般的
岁月春秋

投名状

落叶，淡然、曼妙
在原野，一条莫名的路上
给春天写了一封长长的回信
我黄袍加身
作为深秋锦衣夜行，归根的
投名状

这不是说我和落叶
要落草为寇。只是让路边的草木
辨认真身，和我们相认
一见如故。只是回应了
"埋骨何须桑梓地
人生无处不青山"

五体投地的落叶
放空一棵树，埋首
铺满了多少莫名的路
就像被梦五花大绑的我们
"惯于长夜过春时"
就像那些匍匐在大地上的江河
以长跪的姿势，祭拜远方
这种蜿蜒，也是我觐见苍天的
投名状

拆封自己

风,是一个好邮差
月亮邮戳一样落款星空
繁星如经文,我在诵读谁的神谕?
流星是不是我刹那间
要读漏的一个错别字

我不敢轻易拆封这样的神谕
我只能首先拆封自己
回望"半江瑟瑟半江红"的人间
浮云一样的我
浮生若梦,犹如竹篮打水
一场空

难道一生要从格物致知
到格物致空
到坐忘达空吗
难怪庄子尽得逍遥
老子终遗道德经书

难望圣人项背
身陷凡尘,面对夜晚
每个人都有自己的孤独
享受孤独,拆封自己
苏子对自己的兄弟子由
掏了心窝子:
"但尽凡心"

与纸书

纸,执白
我,执黑
白纸黑字
落子无悔,落字无虚
局局新,是一种奢望
终是一盘没有输赢的
残局

在一张雪白的纸上
安身立命
只有一腔热血、一往情深
才配得上她的纯净

借《天问》般的星光
渴望擦亮每一个汉字
将她们单薄的身体,用心焊接
抱团取暖。在字里行间
挥毫泼墨,行如流水
写意纸上烟霞
点燃人间烟火,养
孟子浩然正气
洛阳纸贵自不敢想
织心物,许我十里春风
落笔有神、妙笔生花
植流年,许我惜字如金

抱朴守拙，千钧一发
将一切薄情的
皴深为：沉甸甸的
深情

耕耘一纸间
丹青一心间
春秋风云、山河风骨，铮铮然
入木三分，跃然纸上
荡气回肠
心旷神怡

纸上，留白
是一劫
纸外，留香
是一渡。我释然
心比天高、命比纸薄
我猫在一张薄凉的纸上，我庆幸
我在人间多了一条
薄命

辑　五

牛朝 《湖山居隐》 纵 29.5 厘米×横 24.5 厘米 纸本水墨 2017 年

坐忘

月光如水
我馋月光姣好的身子
我需要她捂热我心上的悲凉

坐忘在这样的夜晚
遥想江枫渔火
张继身着客袍，一身风霜
携着一江秋水结伴远行
寒山寺的风铃，令姑苏城外
叮叮当当

万籁有声，身如浮萍
我落满积雪的眼睛，极目远眺
白发苍白着我的一生
描白了谁的心

我脚上的泥泞
刻画着远方的路：
一抹残阳是不是我抛洒的
最后一腔热血
鸟是不是鸣唱在肺腑之间
雨是不是倾诉在衷肠之间
朝阳是不是返程的晚霞

人生的况味如何释怀

坐忘是我舍身忘死的一种方式
坐忘之后，好些心痛
嬗变为幸福的一部分
月光也坐化为梦的司仪
即使有一天我面如土色
像一粒尘土被土地招安
我也会像一粒种子
坐忘在泥土之中，为埋我的黄土
加冕

局外人

夕阳的悲凉
只有收留她的河水知道

把春天交接给夏天的是花朵
把夏天交接给秋天的是雨水
把秋天交接给冬天的是落叶
把冬天消融,再次轮回春天的
是一朵朵缤纷人类童年
迎春的雪花

四季更替,悲欣交集的你
即使把心操碎了
也插不上手
季节始终和你无关,你只是
一个冷暖自知的
局外人

天命

对远方而言
风是最执着的一个人
他跋山涉水
一直奔波在远方的路上
这就是风的天命

在风吹草动的人群里
往事如风
"一半是海水，一半是火焰"
王朔好像是回应了白乐天的浅吟
"半江瑟瑟半江红"
那一江秋水蜿蜒着远方
挽留了落日
倒映着我

其实，春雨润物、老酒醉人
只有孤寂的夜晚
没有孤单的星空
我们要做的就是——
借着星光，给孤独热身
用心上的晴朗，去撼动
这个世界

这样，即使风烛残年
你的心田上不会荒无人烟

这样，即使蕉棠两植

只在怀金悼玉红楼的梦里

也没什么大不了的

投胎人间，在红尘走一遭

孤独的来，我们不能选择

那么用热泪把自己烫醒

坦荡在风雨里，终老

坦然的死，是不是青山不老

我们的宿命、天命

梦是一条川流不息的河

夜晚一直想把我
画地为牢。我却对远方率真地说：
我是一个无名的人
但我绝不是一个无梦的人

梦游在人间
梦是我最厚的家底
梦来的时候
星星闪烁的节拍和心跳的节奏
正好吻合

梦是明天最好的修辞
搀扶着行将就木的我
和往事干杯，和远山开怀
枯木逢春
柳暗花明又一村

梦是一条川流不息的河
穿越人群，晴朗夜空
我啊，风风雨雨、山山水水
徜徉在斑斓的梦里
阳光漫过来伏在肩上
轻声呼唤花朵和种子的名字
也许爱没有原型，却在梦中
真真切切现了真身

落泪的时候

夜黑到伸手不见五指
风舔着眼泪
洗白我身上的风尘：
远山不是鳏夫，月亮不是遗孀

我用蛙鸣里的萤火
"轻煮时光慢煮茶"
星空不再倾斜
不光有夜莺天籁般的歌声
保持他的平衡

这样热泪滚烫着夜
我学着站成一棵树的形象
笔直，以诗的名义
参天、参禅，再一次
把万家灯火和满天星斗点燃
璀璨一双凝望的眼睛

落泪的时候
夜，只是一个空壳
落魄在天边
也就是说，落泪的时候
你和我都不在人间

沉默在纸上的人

流水,漫天要价
我就沉默在一首诗里
和它叫板

我将流水里所有的烟雨
白描成墨色,逼着流水
缴械。交出萤火,交出村庄
交出鸽子的哨声

马勒在《第三交响曲》找到的
爱与信念,交响着灵魂
我要呐喊的,无语凝噎
在一张雪白的纸上
将流水的无情,风杜撰的虚无
赶在光阴之外。刻画
在行色匆匆的人群里
失真的部分

一个沉默在纸上的人
试图埋首
将"半江瑟瑟半江红"的
人生况味,写意为阵阵麦浪
如一株沉甸甸,屈膝
向土地俯首称臣的
麦穗

噤若寒蝉

噤若寒蝉
一定是爱得真切深沉。人间
喋喋不休口若悬河的
都会浅薄到心虚

无语凝噎
默默流泪，就是我的雨季
泪流满面如大雨倾盆
清梦将这些热泪收集
洗光阴的身子

足够幸运的是：
我不是远方的人质
爱如春风将我吹送到远方
落了户，安了家
我的身体虽薄如蝉翼
却和土地抵足而眠

噤若寒蝉，我坚信
蛰伏的寒蝉是伏兵
来年在秋雨之前，金蝉脱壳
飞落一棵树，伫立连理枝
鸣奏心的交响
奇袭尘封的心怀
嘹亮爱情

无神论

当我明白自己是过客
学会用笑声
辽阔过往，铭刻甘苦
才知道人生的东方与西方
此消彼长
才知道远方是人类最大的劫

是谁虚拟了一个上帝
上帝原谅过谁

如果你足够真诚和热爱
阳光从不躲闪黑暗的事物
如果你是你的远方
童年就不仅仅是一个时间概念
给人类换思路的就不是洪水
石头坐拥青山绿水
怎么会穷困潦倒
怎么会在人间
找不到一块存放深情的土地

阳光是来自天空的证词
即使风从不缉拿夜晚的黑
却也不能风干你的骨头
你眼睛里饱含的热泪
来自一腔热血

确有一腔热血为你在红尘
化缘

这样，即使夜色沉沉
你也是一个怀春自渡的人
月光为你描眉
星光为你画骨
夜晚动容
伊人动心

人海里的每一个人都举世无双
干净的心灵不供什么神
你巍峨在你的灵魂之中，或者说
你就是你的神

泥菩萨

泥菩萨，过不了河

父亲生前说菩萨之事
从未想过
他没什么本事，就是一头泥牛
犁出的光景
反刍的粮食，生怕
不够我们风风光光，蹚过
山那边的河，终有一天他泥牛入海
一去不复返
担心我们的身子骨软，没精神头
像他一样过不了河

零落成泥的父亲
在我身上留下了十足的泥腥味

今年清明在父亲的坟头上
培了些新土，坟堆已是很高很圆了
好像父亲由一头泥牛
坐化成了一尊泥菩萨
我点了香、磕了响头，敬告父亲：
我这个不孝之子
正在依靠他肩头挑过的风雨
兑着那些泥腥味
摸着一块石头，小心翼翼
过河

我和一棵树的区别

生而为人，想直立为树
却做不到无欲则刚
和一棵树的区别
不言而喻

树，扎根沉静在巍峨的群山中
我，漂泊沉浮在纷烦的世尘里

树，参天外的天
我，望山外的山

树，是年轮的代名词
苍翠山河
我，是岁月的虚拟词
沧桑人生

树，是山河的故人
坐地垂青千年
我，是人间的过客
生死只来一回

无题帖

风给了杨柳
一身婀娜，水蛇一样的腰
总是伤及无辜的人

杨柳岸的残月
修剪不了杨柳的风情
你只是你的园丁
不要以一棵树的形象
打量你的一生

大漠孤烟直啊
戍边的声音，在长河落日中
一声比一声犀利
坐看云起戍边的人
用落日的余晖烧制诗和远方
他们的浪漫仅此而已

云朵是不是赤兔马
风雨是不是偃月刀
赶路的人，不是征战沙场
路也不是大地的绳索
诗更不是裹尸的马革
山高路远，就用眼泪解渴
挂着自己的脊梁
绵延脚下的路

239

虔诚在灵魂面前

如何用乡音和清风交谈
如何用故土和雨水交欢
夜这么静,索性
眼一闭、心一横
纵身天涯,栖身天边

隔银河相望的灯火动荡不安
我很担心翅膀被天空绑架
肉身如枷锁,肩膀是谁的马鞍
月光搜遍了流水的身
是什么样的悲欢刻在心间

被夜色涂炭,也被春风沉醉
无人看守的星空呀,我仰望
像一个婴儿张望母亲
母亲正在用温柔深情的目光
为浩瀚的星空戍边

虔诚在灵魂面前
渴望星光兼济天下
为人间化缘拯救时间
我闭上双眼,委身在诗里
泪流满面。在这黑夜
梦是否明媚着你的脸
你是否又逐笑开了颜

虔诚在灵魂面前
我知道我们都将有生有灭
谁将我的名字署在春风的眉宇间
探望远山。春风啊
你无远弗届,请你再送我一程
也请你代我向远方不安的灵魂问好
向遥远的天涯问安

叩门者

心门,虚掩着
鸟的歌声,是最扣心弦的
敲门声
柴门,也虚掩着
欲雪的天
终有落雪的声音,天籁般
叩开柴门:
"能饮一杯无?"

春鸟抑或鹅雪
作为叩门人
她们都会编写心灵的密码
打开我们的心结
敞开我们的心扉
终是"人面桃花相映红"
让我们结识走失的
春天

漫步心田

漫步心田,那一刻的风
肯定是转山归来
满身山谷河流的清凉

雨在群山上写下的苍翠
阳光和月光夜以继日地阅读
我也以我的身体咏诵着

这样,漫步心田
去探望那些土生土长的事物
比如像一株草守望草原的广袤
聆听远山的寂静
比如像一株菊以瘦弱的身体
和一抹斜阳平分秋色

这样,甘于淡泊
我的头顶足以让我自身的雪
栖身。那些霜白足以
白描一首诗
斑斓余生

这样,以诗喂鸟、以诗养心
眼泪再一次熄灭夜色
热血再一次沸腾夜晚

这样驰骋心海，以此再现

灵魂衣锦还乡，空前的

盛况

孤单的梦

梦和影子
谁先抵达天涯

一路风尘,风舔干的泪水
干枯为一眼泉水的遗址,因此
梦断天涯

孤单的梦来自单薄的身体
你看到了月亮
不等于月亮看到了你

梦,一直孤单地匍匐在流水之上
夜晚已结成一个老茧
你多么希望影子站成月光
破茧成蝶,轻盈
所有孤单的梦

孤单的梦
和故乡的河流平行
安澜夜晚,璀璨星河

明天

花甲在望
月光已被看破
像是用过的一种燃料,燃烧殆尽
灰烬就是那些直不起腰的影子

不堪回首的都空灵于心
流水只确认现实,从不
确认你是谁。辨认前身和故乡的事
零落在烟雨之中
你已不是一首歌的旋律
那些曾经绕梁的余音
太息般沉重,浮云般
轻如鸿毛

热血烫过的酒
已被世态薄凉。浊酒一杯
风烛残年

即便如此,惊于梦的人
依然要以露珠的形象
迎接晨曦的美丽
不管明天是什么
也不能像流水围着的一头困兽
再次走进关押他的
那只笼子

佛云我亦云

"活着枷锁囚身
死了方可解脱"
这是哪个僧人打的一句诳语

我试着跳出三界外
从无所不及的风开始
面佛参禅
佛说:"风只吹动了风的衣襟"
我说:"我的心比风还跑得远,
心动不仅仅是结绳记事那么简单"

我说:"据萨特说他人即地狱,
是否说我如我的棺木,我如我的坟茔"
佛说:"也不尽然,你是我的前身,
你是你的菩萨"

我说:"一叶一世界
从我到你,相从何来"
佛说:"无所从来,亦无所去,
亦无所谓来去"
我说:"既无时间,也无空间,
这是说从此到彼,生即是死吗"

佛说:"山不是水,水不是山,
我看不见你,我对我都视而不见"

这不是说空就是永恒吗
我六神无主
无以应对

我不敢再逗留方外之地
只身返回五行之中。惯看凡间
烟雨蒙蒙，芸芸众生
自嘲于人海人群：
"我只能在立地成佛之前，
手握屠刀，将肉身先斩后奏
确保真身不是一个买卖人"

一木一浮生
看来永恒是个空码头
没有谁能靠岸
无岸便是岸
口吐莲花，渡人的佛
亦如此
零落成泥，渡己的我
亦如此

心田

你是风吹不到
雨淋不到的地方,所以
没有谁能勾勒出你的容颜
更没有人能画出你的骨

你是人间的身外之物
你没有边际,你只为人类
最为辽阔无垠的爱
留白

失血

残阳里有我的血
秋风一刀,便从我的指尖流出来
我害怕失血过多,噙着眼泪
屏住呼吸,咬住自己的手
吮吸自己的血,想以自己的血
补流年似水里的命

其实,自己伤自己最深
生来彷徨
这辈子欠泪的,还泪
下辈子欠命的,还命

这不是一种血色浪漫
因为我们都有一个失血过多的
人生

布施

夜,是一个道行很深的僧人
我把梦都布施给他,化缘
以求良人、良缘,他始终
不开金口

夜色苍茫
学着仰望星空,是不是一种觉悟
群星皓月,以辽阔和磅礴
布施人间
我在一张纸上,以心灵上的春痕
安身立命,布施着
我的灵魂

看破红尘
首先要看破自己
给星空这样偌大的寺庙
烧香磕头,上布施
你必须打点落叶,回到童年
把诗写成娘胎里的第一声哭声
才是最为昂贵、最为虔诚的
布施

看天

草色渐黄
就有了看天的欲望
希望天知道，我是他安分守己忠实的
黎民

日月星辰如天之文
读起来，斗转星移、气象万千
"四立两分两至"，如人的一生
也是有立有分，渴望
临终能达能至

坐在秋的怀里，看天
要打开他的辽阔
总是力不从心，总想绕到他的背后
看谁为他的辽阔
撑腰

安安静静，和天攀谈
就想让天给我松绑
赶走我身上的寒暑之气
再不想听秋风说：
"节气不饶苗、岁月不饶人"
想穿云做的衣裳
牧一匹天马，啜饮
自由

北飞的大雁,阵布人字
一两声雁鸣像天在叹息
同为物候的鹰,如祭鸟
展开翅膀
每一次俯冲都是对天空
至高无上的
祭祀

天不是深渊。天命已过
我快把天看成苍天了,我知道
天收我的日子也不远了
我再也不敢虚构一个天外天了
天意难违呀,我不想和李白
"明朝散发弄扁舟"

如果,天色已晚
又到了仰望星空的时候
我愿意所有天的臣民,踏着
我写诗的笔名——北草
心系苍生苍天
上路

其实,看天的时光
就是我和我不再周旋纠缠的光阴
那一刻,你我和春天都是一奶同胞
我会在天刚蒙蒙亮,哦不
天还没有亮的时候
在我心上,为你和天涯
建一个天大的家

戏

"假亦真时真亦假
真亦假时假亦真"
莎士比亚也说：
"世界只是一台戏"
以人为切入点，翻译过来就是：
人生如戏
戏如人生

天下无戏，鬼都不相信
人间这个舞台
人草花鸟，飞禽走兽
都是剧中人
看客们，浩如星辰
月亮是最眼明的一个

演不同的戏
一定要分清主次，选好角色
谁是主角，谁是配角
什么是布景，什么是陪衬
比如要演绎永恒
远方和梦就是主角
青山和草可做配角
人充其量就是布景
比如要刻画灿烂的人生
霍金应是一个好人选

他超越身体里的黑暗
找到了天的黑洞
见证了最深的黑暗，而他
在轮椅上，依然笑得
那么灿烂

好戏，必须要有好的戏服
好的道具，好的脚本台词
甚至好的脸谱
比如戏服，你可以穿上
宽大无比，无缝的天衣
包容所有的风雨
比如道具，你可以拎着
一腔热血，染红深爱的山河
比如台词，你可以学
鸟的婉转，牛羊的叫声
甚至乌鸦的沙哑
比如脸谱，你可以采
雪的洁白、夜晚的黑打底
以期演得黑白分明

这样的戏
是否能演得惟妙惟肖
神形兼备
月亮看了哑口无言
流水看了拍案叫好
春天看了
也不会脏了眼睛

所有的戏,天是总导演

风雨是总编剧

我是庄户人家

当然希望唱一出大戏

我的戏排练至今,快杀青了

趁人未走、茶未凉

我总结了一下

脚本归纳起来有三个重点:

开场白是撕心裂肺呱呱坠地的哭声

高潮是我的灵魂有了一个自由之身

结局是我以身相许在一首诗里

以几缕青烟的样子,散场谢幕

并安然地对人间很有礼貌地说:

"太阳,早安

月亮,晚安"

坐吃山空

极不情愿辞别光阴
因此月儿常是我流落天涯的
孤魂

所幸今生可以像落叶一样
相思落叶,把她当作你的前身
推理演绎我的罗曼史
像她一样,在人生的秋天
飘落,仰面静静躺在大地上
凝望星空,与星光
垂直。不管夜有多深
生活悬空,肉身隔空
我已与大地平行。你矗立在
咫尺之内,我不再是一个把时光
坐吃山空的人

窑变

从娘胎里露了头
定是要被风雨再次书写
你是不是想过
自己是一个藏锋的字
一幅留白的画?

想得倒美,在生活这个大熔炉里
过堂燃烧,淬火
哪会被素描写意成什么行如流水的
山水字画! 不知要蜕多少层皮
窑变多少次,直到脱了人形
骨瘦如柴
灰飞烟灭

所幸,骨白了还叫骨
燃尽了还叫骨灰
有风骨在,你还可以入土为安
但在入土为安之前
我要多说一句,正告你:
当你的肉身窑变为土
窑变的不是那身臭皮囊
而是你的心

布道

如果星星是夜晚的眼睛
她肯定不愿意看到：
春天年事已高,老态龙钟
只是晚风这首挽歌里
童年越来越遥
童话越来越少

我试图在一张雪白的纸上
走遍天涯
邀请三官举笔,太乙移文
会请雷公电母,风伯云童
司雨布道,稀释浓得化不开的夜色
让月光现身
让月亮这只没有帆的船,不用扬帆
横渡星空
点燃我的灵魂,从诗脊上
水落石出

是夜,我身上的霜白
是不是给远山平添了依稀的山色
我是不是远方的一道门楣
我想,张继在枫桥边不孤单
星光和他一见如故

是夜，渔火闪烁、繁星点点

似经文，如此布道：

"见字如晤，谨颂天安"

修行

落日返回西山
幸好,这不是说天有不测风云

我的理解是:
他修行得累了,回到西山
回到他的寺庙
歇一歇脚

其实,落日是个苦行僧
日复一日过着单调重复的生活
而我比他幸运多了
他孑然一身回到西山的时候
月亮就像一个省亲的人前来看我
有时还和我一起笑弯了腰,甚至
我不用在月光下乔装打扮
就可以放手对自己"图谋不轨"
我可以和我素昧平生,素不相识
也可以和我八拜成莫逆之交

你看这样的境况,这样的修行
真还有点苦尽甘来的味道

长夜尽头,望着晨曦中
再次修行,再次冉冉升起的落日

我的日头都比我低
我的日头再也不会焦灼
和我相依为命的灵魂

一日三秋

一叶知秋
而一日有三秋的人
便不怕,秋夜月亮茫然四顾
杳无人烟

"心折此时无一寸"
杜甫在冬天最担心的事
不会发生在一日有三秋的人身上
落叶可以和那个人,互为犄角
孤立日子的单薄
挽留如梭的日月

一日不见,如隔三秋
心中可能有花好月圆之人
破镜难圆之事
这都不是岁月划出的重点
刻骨铭心的是:
在苦短的人生中,一日之内
有如此绵长的光阴
颐养和你相依为命灵魂的
天年

请君入瓮

流水常若无其事地说：
请君入瓮
这是他对我和光阴最大的亵渎

他不知道莫名和未知
是天定的劫，地定的缘
不断漂泊，不断穿越
才是生命的原貌

换句话说，颠沛流离
是人生的另一种巍峨
脚在河边湿
心在月上悬，这样颠簸着
在活着和活过的跌宕起伏之间
寻觅获得幸福和安宁的可能

你出手可以打翻自己的酒杯
但扬手打不翻流水
流水请君入瓮的时候
一定明察秋毫，无问东西
做一个敢于和自己
分道扬镳，勇于前行的人
才有可能延长你灵魂的寿命

目不转睛

为什么人海不叫人河
我想海是河的归宿
辽阔得令人敬畏
更有惊涛骇浪，有潮汐
有潮起潮落

那么，你作为人海的一朵浪花
除了随波逐流的生死
是不是有一双揉不进沙子
渴望的眼睛

沉浮的人海，苦涩的人生
看不见的盐加持伤口
不管浪花淘尽，谁是英雄
那双渴望的眼睛，勇立潮头
对你、对远方最直白的热爱
就是目不斜视
目不转睛

辑　六

牛朝　《石矶隔野烟》　纵 68 厘米×横 34 厘米　纸本水墨　2014 年

居家（组诗）
——写在阴阳之间

人间阴阳失衡，古城榆林静默，我居家思春。何计留春，我企图用一些诗句给自己下战书，辨别阴阳，挑落日头。

——题记

01　居家

足不出户会让人失去很多
却也有大把的时间，握在手中
沉思，分辨一些无形的东西

比如，爱、信仰
比如，人神、人鬼的界限
路的秩序，甚至
活着的意义

我曾和九天，下意识地
谈论夜晚和春天的死活
把远方当一个谜团来猜
祈一场春雨稀释谜底
而行到水深处，坐听风豪言壮语：
"你不仅是雨水的注脚，也和雨水
互为注释"

这是不是我们的爱、信仰

人神、人鬼的分界线
那些无形的东西可以改变路的秩序
却无法改变路的莺飞草长。至于
活着的意义，首先要
心领神会，雨露对我们的心意
红炉点雪，明天是一块
肥沃而丰饶的土地

那么，值得就是我们舍生取义的因果
就像壮士和恶魔
狭路相逢，以死诠释
勇者胜

让人沉默的东西很多
打通阴阳的阻隔
不要再为自己的肉身
大动干戈

也许一些无形的东西
会令人失明
而我坚信一些无形的东西
会令人复活
重见光明

02　眼泪

如何与无主的清风明月相处
为春天讨一条活路，眼泪

据此而来

寒身非风,沐心非雨
望月非月,落花非花
眼睛,不是泪水的井
泪珠是心结出的果
喜也是她,悲也是她

抹不去的,落在梦中
入夜三分
入骨七分

03 单身

月亮,单身了一辈子
群星是否为他分担寂寞

我也隐身在诗中,单身
梦想和一条河流
重逢。邂逅潺潺的水,结识水
结伴而行

和水相聚
不是说我在人间吃水很深
可以来到一个荒无人烟的地方
楚天阔,月亮出没在银河
有没有楚河汉界
我只是担心我是那个过不了河的

卒子

我只是想,一衣带水
找雨水里的稻色
为被水折射、反射的人或事物
重新寻找不再单身,水乳交融
奔流的条件

04　何计留春

冬树,袒胸露骨
在远山上打坐
阳光,开门见山
在寒风里禅寂

树上的鸟,不再欢唱
她们的鸣叫仿佛在坦言
对春天的忧伤
也许只有她们才有资格
对人
评头论足

没有净过的肉身
不敢向灵魂
坦白。即使伪装成一个模特
也失去了走秀的舞台

沉寂令人害怕

谁会赤膊上阵
揭了流水的老底,撕了夜色的面具
挺身,张贴春天的
海报

何计留春
如果死可以假设
那么活作为一种虚拟
要尽快珍惜

05 晚上八点钟的街道

八点钟,昏暗的街灯
只照着风的身影
掠过城市

风已穿越了秋天
应是一场雪依偎大地的时候了
我闭目,想着一朵、一朵
簌簌飘落的雪花
漫天飞舞,呼应着人间所有的
苍白

八点钟的街道
像一个时光的厅堂
落日和落叶如街市昔日的影像
那些闪烁的灯火,正在怀念
春天的音容笑貌

八点钟的街道
眺望如风远去的身影
穿梭人间，我祈祷
山河无恙，我祈祷
心与山河同安

06　投胎

活着，走上奈何桥
月老和孟婆不是一路人
趁着孟婆汤还热，兑着黄河水
一饮而尽，再次
投胎

落日，不是王悬赏的一颗人头
明月，也不是王的玉玺
我不想投胎王府

我也不想投胎夜晚
夜太黑，看不清风雨的嘴脸
认不出亲人，再说夜太长
我的腿太短

我承认，尘土和灵魂
人群和诗歌经常同居
但她们终是同床异梦
很多的时候让人进退两难

275

只有不起眼，蹲守的石头最简单

不会像流水对我众叛亲离

石头只坚守脚下的土地

她对自己的身世和过往

对远方守身如玉的事情

守口如瓶

她还能把所有的火都窝在心里

像岁月打掉的牙齿默默咽在肚里

她还没有水分

便于亲人相认

便于故乡认领

苍天有灵，你就让我以一块石头的形象

再次投胎人间，我别无他求

你就把一张薄凉的纸当作河床抑或山谷

如我的家园，给我安一个家

我愿意铁石心肠

作为春天和麦田的苦力，穷此一生

干力透纸背的营生

我愿意脚踏实地

蹲守故乡的土地

守望远方

07　波涛汹涌的海

惊涛拍岸，浪花淘尽

卷起千堆雪

酷似杜甫的草堂

原来大江东去
海是所有江河千古风流的陵园

08　情绪

月光,作为睡衣太单薄了

星星们驻守银河
阳台上没有了阳光

这是一座城市
不再人欢马叫以后的情绪
他原本忙碌地奔波
漫不经心的风吹送着他的情绪
纵横着路

是夜
我心绪如麻
只能把他的情绪
和漏掉的阳光
织补进一首诗里

09　爱过

看见时间,难免大惊失色
触摸光阴,更是心惊肉跳

不能轻描淡写的很多
比如爱或不爱
不能蜻蜓点水的很多
比如痛或不痛

爱过的地方，月光是不是丝丝入扣
反复爱过的地方，石头会不会口若悬河
真有哭不出来的时候
竟拉下老脸，光着身子
向星空伸手，讨要星光
净身

爱过，天边的云朵
不是我们的替身
在爱的辽阔和深沉面前，阴差阳错
深一脚，浅一脚
我们的渺小和浅薄在所难免
远方始终是我们的恩人
没齿难忘，要刻骨铭心的是：
只有爱着，爱过
才有可能认出爹娘
认出故乡
认出春天

10　一株向日葵

我爷爷说，土里能刨金
梵高画的向日葵像金子一样

却有很多放在桌子上、瓶子里
这一点，我不喜欢
是庄稼就要生长在田野
就像我不喜欢他割掉耳朵的自画像
我喜欢戴着草帽的那一幅
有稻草的芬芳
泥土的气息

其实，一株向日葵
最大的特征就是：
站在自己深爱的土地上，挺直腰杆
向阳而生
风吹麦浪的时候，埋首
向土地，俯首称臣

其实，梵高很想长成一株向日葵
他钟爱向日葵，我的理解是：
画那么多向日葵
就是他放眼人类，回归灵魂
最好的自画像

11 地狱

萨特说：他人即地狱
这是不是可以狭义地引申为——
人间小得像一座独木桥
谁都会有一天，和他人
狭路相逢

佛家说：我不入地狱，谁入地狱
我只有自慰：
如果不能拥抱远方
那就抱紧自己

这也是说我可以给自己
画地为牢。但他人绝不是独木桥上空的
一线天，他只是随着桥下
湍急的波涛
奔流的水

其实，地狱就是你的对岸
就像狂风骤雨之时
阴阳之间
你可以悲伤地认为它正在摧残红尘
也可以释然地直面它如何历练人心
打磨天下

12　天堂

活着，找天堂
是一件很要紧的事情

站在大地上，不会恐高
我有了找到天堂的底气

我要用如烟往事和昨夜星辰

填满我的履历表

交给故乡和远方审查

她们和天堂生活在同一个屋檐下

是天堂的故人

有他们替我把关

我会幸福地走在绿草如茵的路上

和天堂若比邻了

是的,草木一秋的我

必须有一株草的骄傲

每一颗草叶上晶莹的露珠都让我铭记

草叶就是她的天堂

我在我的身体上厉兵秣马

活着要找到天堂

我不会死心

心就是天堂的生祠

如果死的时候还离天堂三尺三

就在心坎上

设一个最为虔诚的灵位,点燃心香

遥祭天堂

图书在版编目(CIP)数据

我是我的远方 / 赵红英著. -- 上海 ： 上海三联书
店，2025．2．-- ISBN 978-7-5426-8793-7

Ⅰ．I227

中国国家版本馆 CIP 数据核字第 2024PV6929 号

我是我的远方

著　　者 / 赵红英

责任编辑 / 陈马东方月
装帧设计 / 徐　徐
监　　制 / 姚　军
责任校对 / 王凌霄

出版发行 / 上海三联书店
　　　　　(200041)中国上海市静安区威海路 755 号 30 楼
邮　　箱 / sdxsanlian@sina.com
联系电话 / 编辑部：021 - 22895517
　　　　　　发行部：021 - 22895559
印　　刷 / 山东新华印务有限公司

版　　次 / 2025 年 2 月第 1 版
印　　次 / 2025 年 2 月第 1 次印刷
开　　本 / 655 mm×960 mm　1/16
字　　数 / 100 千字
印　　张 / 18.75
书　　号 / ISBN 978 - 7 - 5426 - 8793 - 7/I·1921
定　　价 / 88.00 元

敬启读者,如发现本书有印装质量问题,请与印刷厂联系 0538 - 6119360